Sirtaki und Zuckergoschi

Juergen von Rehberg

Sirtaki und Zuckergoschi

Ein himmlischer Spaß

*Bibliografische Information der Deutschen National-
bibliothek:
Die Deutsche Nationalbibliothek verzeichnet diese
Publikation in der Deutschen Nationalbibliografie;
detaillierte bibliografische Daten sind im Internet
über http://dnb.dnb.de abrufbar.*

© 2016 Juergen von Rehberg

*Herstellung und Verlag: BoD – Books on Demand,
Norderstedt*

ISBN: 978-3-7412-2564-2

"Der Nächste, bitte!"

Die Stimme kam von irgendwo her und ihr Klang erinnerte an die Stimme eines Roboters.

Ewald stand auf und ging auf die Tür vis-à-vis zu, über der ein blaues Licht blinkte. Neben der Tür war ein Schild angebracht, auf welchem zu lesen stand:

Anmeldung für Neuankömmlinge

Ewald klopfte an und ein monotones „Herein!" ermunterte ihn das Zimmer zu betreten. Höflich, wie er nun ein Mal war, wollte er einen „Guten Tag" wünschen, was ihm jedoch nicht möglich war.

Er hatte zu diesem Zweck - wie er das schon immer machte - den Mund geöffnet, um den ersten Teil seines Grußes zu formulieren; aber anstatt seiner Stimme verließ nur Luft seine Mundhöhle.

Ewald erschrak; er erschrak zutiefst. Was war passiert? Waren seine Stimmbänder kaputt? Eine Verunsicherung ungeheuren Ausmaßes umfing ihn. Schweiß trat auf seine Stirn und seine Atmung beschleunigte.

Beides geschah jedoch nur auf imaginäre Art und Weise. Auf seiner Stirn hatten sich keine Schweißperlen angesiedelt, und von einer beschleunigten Atmung konnte überhaupt keine Rede sein.

In diesem Augenblick wurde ihm bewusst, dass hier oben alles anders war. Sicher, man hatte so seine Bilder im Kopf, wie es nach dem Tod weiter gehen könnte. Die einen glaubten an eine Wiedergeburt, die anderen glaubten an ein schwarzes Loch und viele glaubten an überhaupt nichts.

Ewald gehörte bisher der Fraktion der „Wiedergeburtler" an. Aber seit er hier oben angekommen war, fühlte er sich mehr der Abteilung „Fragezeichen" verbunden.

"Auch Ihnen einen schönen Tag! Bitte, setzen Sie sich doch!"

Mit dieser höflichen Aufforderung wurde Ewald aus seinen Gedanken gerissen. Er sah sich einem Individuum gegenüber, das große Ähnlichkeit mit einem „Irgendjemand" auf der Erde hatte. Es sah aus wie ein Mensch, war aber höchst wahrscheinlich gar keiner.

"Wie konnte es sein, dass dieses Individuum ihm auch „einen schönen Tag" wünschte?" fragte sich Ewald, der doch gar nichts gesagt hatte, obwohl er das wollte.

"Sie irren sich!" sagte das Individuum, *"Sie haben sehr wohl etwas gesagt; Sie haben es nur nicht gehört!"*

"Das wird ja immer besser!" dachte Ewald, *"der, die, das hat ja wohl nicht alle Latten am Zaun."*

"Lassen Sie uns doch bitte sachlich bleiben!" reagierte das Individuum auf Ewalds Gedanken. *"Höf-*

lichkeit hat hier oben denselben Stellenwert wie auf Erden!"

Ewald schluckte. Er hatte das Gefühl rot zu werden wie ein kleiner Junge, der beim Marmeladenaschen erwischt worden war.

"Ich werde Ihnen jetzt ein paar Dinge erklären, die es für Sie leichter machen werden den „Modus vivendi" zu verstehen."

Ewald nickte, um sein Verständnis zu bekunden. Er begleitete dieses mit einem verbindlichen Lächeln.

"Ich darf mich zunächst ein Mal vorstellen. Mein Name ist „Sirtaki" und ich bin - wie Sie dem Schild neben der Tür schon entnehmen konnten - für die Neuankömmlinge zuständig. Wenn Ihnen der Name seltsam erscheint, so werde ich Ihnen das später gerne näher erläutern."

Ewald nickte ein weiteres Mal

"Wie Sie ja bemerkt haben, können Sie nicht normal sprechen. Das macht aber nichts, denn ich kann Sie auch so verstehen."

Ewald nickte dieses Mal nicht. Dafür schaute er erstaunt.

"Sie fragen, warum Sie zwar sprechen können, aber keine Stimme haben?"

Ewald war verblüfft. Genau das hatte er gerade gefragt, jedoch nicht gehört.

"Das hat etwas mit der sprichwörtlichen „himmlischen Ruhe" zu tun", erklärte Sirtaki. *"Das erspart unnötigen Lärm!"*

"Ich gehe ein Mal davon aus", sagte Ewald nonverbal, *"dass außer mir noch mehr Geschöpfe hier oben sind. Wie verständigen die sich untereinander?"*

Ewald hatte das Wort „Mensch" bewusst vermieden, war er sich nicht wirklich sicher, ob man nach dem Tod noch ein Mensch ist oder einfach nur noch ein Geschöpf oder eine Kreatur.

"Die Menschen sind hier mehr Mensch als auf Erden!" mischte sich Sirtaki in Ewalds Gedanken. *"Dort hören leider viel zu viele auf Mensch zu sein!"*

Ewald nickte. Er musste sich erst noch daran gewöhnen, dass er sich durchaus mit Worten verständigen konnte; auch wenn er das selbst nicht hörte.

"Doch zurück zu ihrer Frage, mein Lieber! Sie können sich natürlich mit allen verständigen; das geschieht telepathisch!"

Ewald dachte spontan daran, dass er nie mehr singen oder pfeifen könnte, was er früher immer wieder gern gemacht hatte. Er war zwar kein Caruso; aber das Singen bereitete ihm trotzdem stets viel Freude.

Ewald war traurig. Das alles gefiel ihm nicht wirklich. Zugegeben, er hatte zwar keine konkrete Vorstellung vom Leben danach; aber irgendwie hatte er etwas Anderes erwartet.

"Kein Grund zum traurig sein, mein Freund!" hörte er Sirtaki sagen, *"irgendwann wirst du wieder singen und pfeifen können!"*

"Wie das?" fragte Ewald.

"Denke ein Mal nach!" sagte Sirtaki, *"hast du gleich sprechen können, als du vor vielen Jahren geboren wurdest?"*

"Nein, natürlich nicht!" antwortete Ewald wahrheitsgemäß. Ihm war gar nicht aufgefallen, dass Sirtaki ihn geduzt hatte.

"Siehst du? Entschuldigung! Ich meine natürlich „Sehen Sie?"

"Sie können mich ruhig duzen!" sagte Ewald, *"das geht schon in Ordnung!"*

"Ich weiß nicht", sagte Sirtaki leicht verlegen, *"eigentlich ist es uns nicht gestattet, dass wir uns mit Neuankömmlingen gleich verbrüdern."*

"Ach so!" sagte Ewald, *"auf Erden haben die Pfaffen immer wieder von der Kanzel herunter gepredigt, dass alle Menschen „Brüder und Schwestern" seien. So stünde es im Buch des Herrn!"*

"Eigentlich hast du recht, lieber Ewald! Also lass uns Brüder sein!"

"Das ist doch ein Mal ein Wort!" sagte Ewald und eine Art Hochgefühl beschlich ihn.

"Wie ist das nun mit dem Singen und Pfeifen?" nahm Ewald den Faden wieder auf. *"Du warst mit deinen Ausführungen noch nicht am Ende!"*

"Es ist so", fuhr Sirtaki fort, *"dass du eine Art „Lehrzeit" absolvieren musst."*

"Ich muss wieder in die Schule gehen?" fragte Ewald voller Entsetzen. *"Alles, nur nicht das!"* entfuhr es ihm. Der Besuch der Schule war Ewald schon zu Lebzeiten ein rechter Graus gewesen.

"Nein!" beschwichtigte Sirtaki, *"keine Schule!"*

"Gott sei Dank!" sagte Ewald, *"du hast mir gerade einen gewaltigen Schrecken eingejagt."*

"Mit der Lehrzeit meine ich eine „Neukalibrierung" deines Charakters!"

Jetzt war Ewald an der Grenze seines geistigen „Pouvoirs" angelangt. Mit diesem Begriff konnte er nun ein Mal überhaupt nichts anfangen.

"Ich will es dir erklären!" erlöste Sirtaki ihn aus seiner Not.

"Unser Bestreben hier oben liegt vordergründig darin den Neuankömmlingen die Chance zu geben alte, schädliche Verhaltensmuster zu überdenken und gegebenenfalls zu verändern. Das geschieht auf freiwilliger Basis und ohne unser Zutun.
Wenn das jemand macht und wenn wir erkennen, dass er das wirklich will und aus voller Überzeugung handelt, dann erhält er seine Fähigkeit zu sprechen, zu singen und auch zu pfeifen - nach einer angemessenen Zeit - wieder zurück."

Ein Leuchten legte sich auf Ewalds Gesicht, und er sagte zu seinem neu gewonnen Bruder:

"Ich möchte dich gern noch etwas fragen!"

"Nur zu; du kannst mich alles fragen! Und sofern mir eine Antwort dazu einfällt, will ich sie dir gerne zur Verfügung stellen!"

"Muss man seinen Namen hier bei euch ändern? Und wieso heißt du „Sirtaki"? Der Name scheint mir doch recht ungewöhnlich."

"Zum ersten Teil deiner Frage: du kannst deinen Namen behalten!
Zum zweiten Teil, ich hieß früher ein Mal „Balthasar" und das war nicht lustig!"

"Aber wieso hießt du „Balthasar"? fragte Ewald weiter.

"Weil meine lieben Eltern „alternativ" unterwegs waren. Du weißt schon - so mit Riemensandalen und Bibel schwingend."

"Was ist gegen die Bibel einzuwenden?" fragte Ewald überrascht.

"Es war die „Mao-Bibel", erläuterte Sirtaki.

"Aber Balthasar hat doch eher einen biblischen Hintergrund, ich meine die echte Bibel!" wandte Ewald ein.

"Ja, schon", wand sich Sirtaki etwas verlegen, *"so genau weiß ich das auch nicht!"*

"Wahrscheinlich hast du zum Geburtstag - anstelle eines „Bonanzarades" ein Kamel bekommen", witzelte Ewald, was er aber sofort bereute, als er in das traurige Gesicht seinen Gegenübers blickte.

"Entschuldige bitte! Das war unangebracht; es tut mir leid!"

"Ist schon gut!" sagte Sirtaki.

"Aber das alles erklärt noch nicht, warum du jetzt „Sirtaki" heißt", forschte Ewald weiter.

"Das kommt daher, dass ich keinen Namen fand, der mir gefallen hätte.

Oder würdest du gern „Michael-5633" heißen oder „Christian-3597", antwortete Sirtaki. "All die Namen, die mir gefallen hätten, sind so häufig vertreten, dass sie - aus verwaltungstechnischen Gründen - fortlaufend nummeriert werden müssen."

"Heißt das, dass ich auch eine Nummer an meinen Namen angehängt bekommen werde?" fragte Ewald voller Entsetzen.

"Genau das heißt es!" antwortete Sirtaki, *"es sei denn, du suchst dir einen neuen Namen aus, den niemand außer dir schon hat."*

"Das mache ich ganz bestimmt!" sagte Ewald und bekräftigte sein Vorhaben mit einem Gesichtsausdruck, der tiefste Entschlossenheit widerspiegelte.

"Und ich kann nehmen, was ich will?" fragte Ewald vorsichtshalber nach.

"Der Fantasie sind keine Grenzen gesetzt!"

"Wann und wo kann ich die Namensänderung vornehmen?" ging Ewald die Angelegenheit progressiv an.

"Normalerweise erst am Ende deiner Lehrzeit. Aber da wir Brüder sind und obendrein auch gute Freunde, könnte ich eine Ausnahme machen!"

"Ja, bitte! Und danke, dass du das tust!"

"Für dich immer wieder gern!" sülzte Sirtaki.

Er nahm das Formular „ÄdA-01" aus der Schublade und das Prozedere der Namensänderung nahm seinen Lauf:

"Wie heißen Sie?"

"Ich denke, wir sind per DU?" fragte Ewald erstaunt.

"Ja, schon! Aber das ist jetzt eine offizielle Amtshandlung. Also noch ein Mal: Wie heißen Sie?"

"Ewald Bratling!" antwortet Ewald und sah dabei in das Gesicht von Sirtaki, das heftig gegen einen Lachanfall ankämpfte.

Hätte Ewald dieselbe Fähigkeit wie Sirtaki gehabt, dann hätte er dessen Gedanken lesen können, die da sagten: *"Bratling ist auch nicht besser als Balthasar!"*

"Es geht nur um den Vornamen!" wurde Sirtaki wieder amtlich. *"Und wie wollen Sie in Hinkunft heißen?"*

"Zuckergoschi!" antwortete Ewald freudestrahlend.

Sirtaki hielt inne. Zugegeben, sein Name war nicht gerade alltäglich; aber „Zuckergoschi"?

"Zuckergoschi", wiederholte er und trug den vom Antragsteller gewünschten Namen in das Formular ein.

Dann stand er auf, streckte Zuckergoschi die Hand hin und sagte: *"Ich gratuliere! „Zuckergoschi" ist ab sofort Ihr amtlicher Name!*

Zuckergoschi bedankte sich herzlich und nahm wieder Platz.

"So, mein Lieber, jetzt erkläre mir aber, wieso gerade „Zuckergoschi" - abgesehen davon, dass dies wohl ein einzigartiger Name ist und unbedroht von irgendeiner zusätzlichen Nummer."

Zuckergoschi erzählte Sirtaki von seiner geliebten Mama, die ihn, als er noch der kleine Ewald war, immer „Zuckergoschi" genannt hatte. Wenn sie ihn so nannte und ihn liebevoll dabei anstrahlte, dann ging jedes Mal die Sonne für ihn auf.

Sirtaki hatte aufmerksam zugehört. Ein Hauch von Wehmut umspielte sein Gesicht, als er sagte: *"Du musst eine wunderbare Kindheit gehabt haben; anders als ich."*

"Ja, die hatte ich", antwortete Zuckergoschi, *"wir hatten nicht viel; aber dafür gab es reichlich Liebe!"*

Das Schweigen, welches die beiden Männer umhüllte, schaffte eine Verbundenheit zwischen ihnen, die ihnen in dieser Art bisher fremd gewesen war.

"Ich werde dir jetzt „Manfred-0815" rufen", sagte Sirtaki, *"der wird dich zum Kollegen „Salpeter" bringen!"*

"Wer ist das und wieso heißt der so?" fragte Zuckergoschi.

"Salpeter ist der Instrukteur. Er wird dir alles Wichtige erklären, was du für deinen Aufenthalt wissen musst. Und den Namen hat er gewählt, weil er mit seinem alten Namen „Peter" an einer Nummerierung nicht vorbeigekommen wäre. Und auf diese Weise hat er ihn - zumindest teilweise - doch erhalten können."

Sirtaki und Zuckergoschi umarmten sich zum Abschied.

"Werden wir uns wieder sehen?" fragte Zuckergoschi ängstlich.

"Darauf kannst du deinen Hintern verwetten, mein Lieber!" antwortete Sirtaki und Zuckergoschi war höchst erfreut über diese weltliche Aussage.

Als Manfred-0815 den Raum betrat, war Zuckergoschi sofort klar, warum dieser Mensch so heißen musste. Er sah zwar aus wie ein Mensch, hatte aber den Habitus eines Zombies.

Zuckergoschi hatte beschlossen, die Individuen auch weiterhin „Mensch" zu nennen.

"Dann wünsche ich Ihnen einen schönen Aufenthalt und viel Glück für Ihre Lehrzeit!"

Sirtaki war wieder zur Amtsperson mutiert, konnte es sich aber nicht verkneifen mit den Augen zu zwinkern, als er dieses sagte.

"Sind Sie schon lange hier oben?" versuchte Zuckergoschi ein Gespräch mit Manfred-0815 zu beginnen. Der Angesprochene zeigte jedoch keinerlei Reaktion. Die Frage war nur, konnte er nicht oder wollte er nicht?

Also ließ Zuckergoschi ab von seinem Vorhaben und trottete Gott ergeben hinter seinem Führer her.

****

"Bitte, setzen Sie sich!"

Der Instrukteur Salpeter begegnete Zuckergoschi mit derselben Höflichkeit wie zuvor auch Sirtaki.

"Sie sind also der Neuzugang", sagte er lächelnd, *"der Kollege Sirtaki hat sie schon avisiert. Herzlich willkommen!"*

"Ich danke Ihnen sehr für Ihren freundlichen Empfang!" erwiderte Zuckergoschi und lächelte zurück.

"Der Kollege Sirtaki wird Ihnen ja schon ein wenig erzählt haben, was Sie bei uns so erwartet; aber das Wesentliche habe ich die große Freude Ihnen mitteilen zu dürfen."

Zuckergoschi sah sich jetzt einem Problem unbeschreiblichen Ausmaßes ausgesetzt. Gedanken lassen sich nun ein Mal nicht ausschalten wie ein Fernsehapparat oder eine Lampe. Und das machte Zuckergoschi Angst. In seinen Gedanken hatte sich just in diesem Augenblick der Satz gebildet:

"Wie ist denn der gepudert? Wieso redet der so geschwollen?"

Der Mund von Zuckergoschi füllte sich mit großer Trockenheit und die Zunge klebte fest am Gaumen. Seine Augen starrten angsterfüllt auf den Instrukteur und warteten auf dessen Reaktion.

Aber nichts geschah. Entweder konnte Salpeter seine Gedanken nicht lesen oder er überging es nonchalant.

"Sind Sie bereit für ein paar wichtige Instruktionen?"

Zuckergoschi war sehr erleichtert, als er diese Frage hörte. Er ging davon aus, dass der Instrukteur nur hören konnte, was Zuckergoschi ihm sagte, aber nicht was er dachte.

"So muss es wohl sein!" dachte Zuckergoschi bei sich, und nachdem Salpeter wieder keine Reaktion gezeigt hatte, beschloss Zuckergoschi, dass er die Antwort auf diese doch elementare Frage gefunden hatte.

"Also dann legen wir mal los!"

Das war das Startzeichen für eine lange Reihe von Erklärungen und jede von ihnen hatte es in sich.

"Wenn dieser Tag zu Ende ist, werden alle Erinnerungen an Ihr früheres Leben gelöscht sein!"

Wusch! Das war wie der Schlag einer riesengroßen Glocke. Zuckergoschi musste heftig schlucken.

"Haben Sie das verstanden?" fragte der Instrukteur, der das Entsetzen in Zuckergoschis Gesicht gesehen hatte.

"Ja!" sagte Zuckergoschi und Salpeter fuhr fort:

"Wesentlicher Bestandteil Ihrer Lehrzeit ist das erneute Durchwandern Ihres vergangenen Lebens."

"Das versteh ich nicht!" sagte Zuckergoschi, *"könnten Sie mir das bitte etwas genauer erklären?"*

"Aber gewiss doch!" antwortete Salpeter zuckersüß, *"dazu bin ich doch schließlich da!"*

"Was für eine komische Erscheinung", schoss es Zuckergoschi durch den Kopf und er schaute erwartungsvoll auf eine eventuelle Reaktion seitens des Instrukteurs.

Nachdem wieder nichts gekommen war, manifestierte sich Zuckergoschis Interpretation über das Gedankenlesen bzw. die nonverbale Kommunikation.

Als ihm jedoch einfiel, dass sein Freund Sirtaki zuvor seine Gedanken sehr wohl gelesen hatte, brachte das Zuckergoschis Ansicht völlig ins Wanken.

Da sollte sich noch einer auskennen. Zuckergoschi beschloss die Dinge sein zu lassen wie sie sind und wie sie noch sein werden.

"Und außerdem machen die hier oben ja sowieso mit einem, was sie wollen!" Dieses dachte und sagte Sirtaki, und als ihn Salpeter entsetzt anschaute, beschloss Zuckergoschi, dass es ihm egal wäre.

"Das sind genau diese typischen, alten Verhaltensmuster, welche die Neuankömmlinge mitbringen!" sagte Salpeter und sein begleitendes Lächeln hatte mit dem noch zuvor ausgestrahlten nichts mehr gemeinsam. Es spiegelte eine ordentliche Portion Zynismus wider.

"Was wollen Sie mir damit sagen?" drängte es aus Zuckergoschi mit Macht heraus und er wünschte sich, er hätte es mit lauter Stimme tun können.

"Nun, lassen wir uns einander erst ein Mal wieder beruhigen", sagte Salpeter mit süffisantem Ton, *"wir wollen uns doch wie zivilisierte Menschen benehmen. Nichtwahr?"*

Zuckergoschi musste an sich halten.

"Was glaubst du, wer du bist?" dachte er, sprach es aber nicht aus.

Nachdem keine Reaktion erfolgt war, war sich Zuckergoschi sicher, dass der Instrukteur seine Gedanken nicht lesen konnte. Aus Gründen der Sicherheit machte Zuckergoschi aber lieber noch einen Test.

"Du scheinheiliger, hinterhältiger Affenarsch. Ich bin froh, wenn ich das hinter mir habe und dein hässliches Sackgesicht nicht mehr sehen muss!"

"Also lassen Sie uns nun mit der Instruktion fortfahren!" sagte Salpeter und war wieder ganz Amtsperson.

"Juhu!" dachte Zuckergoschi, *"der kann meine Gedanken nicht lesen, sonst hätte er hundertprozentig anders reagiert."*

"Einverstanden!" sagte Zuckergoschi und schickte hinterher: *"Und bitte entschuldigen Sie mein Verhalten von zuvor; das war völlig unangebracht!"*

"Schon vergessen!" schleimte Salpeter zurück und also widmeten sich die beiden wieder dem Wesentlichen.

"Da wäre zunächst ein Mal die Sache mit der Kommunikation", begann Salpeter.

"Das kenne ich schon!" fuhr Zuckergoschi dazwischen, *"das können wir uns sparen. Das hat mir Sirtaki bereits erklärt."*

Zuckergoschi hätte sich auf die Zunge beißen können, dass ihm das heraus gefahren war. Und die Rechnung kam postwendend.

"Sie meinen wohl den Herrn Kollegen Sirtaki!" kam es in einem leicht gereizten Ton zurück, wobei die Betonung auf „Herrn" lag.

"Natürlich!" antwortete Zuckergoschi beflissentlich und beschloss etwas zurückhaltender zu sein.

"Am besten, Sie hören einfach zu und unterbrechen mich nicht. Auf Fragen zur jeweiligen Thematik werde ich Ihnen selbstverständlich gerne antworten!"

"Das nenne ich eine klare Ansage" dachte Zuckergoschi und beließ es bei einem zustimmenden Nicken.

"Also!" fuhr der Herr Instrukteur fort, *"die Verständigung zwischen Ihresgleichen erfolgt nonverbal!"*

"Was heißt denn „Ihresgleichen", durchzuckte es Zuckergoschis Hirn, schluckte es aber hinunter und nickte stumm.

"In der Praxis bedeutet das, dass sie sprechen, wie Sie das immer gemacht haben. Der einzige Unterschied liegt darin, dass es tonlos geschieht. Ihr Gesprächspartner, der versteht was Sie sagen, spricht auf dieselbe Weise auch mit Ihnen."

Zuckergoschi hatte, zum Zeichen, dass er etwas sagen wollte, die Hand erhoben.

"Wie verhält sich das mit den Gedanken?" fragte er mit äußerster Höflichkeit.

"Alles, was Sie denken, jedoch nicht aussprechen, kann ihr Gegenüber nicht wahrnehmen."

Zuckergoschi lächelte innerlich. Als er aber den nächsten Satz aus dem Mund des Instrukteurs vernahm, erstarrte er.

"Wir Beamte indes können selbstverständlich auch Ihre Gedanken lesen!"

"Nein, nein, nein; und nochmals nein!" raste es durch Zuckergoschis Kopf. Er wünschte sich, er wäre eine kleine Maus und ein Loch täte sich auf, durch welches er verschwinden könnte.

"Ist Ihre Frage damit hinlänglich beantwortet?" hörte er eine entfernte Stimme, die große Mühe hatte das Rauschen in Zuckergoschis Ohren zu durchdringen.

Zuckergoschi, der sich außerstande sah zu antworten, nickte in großer Demut und fühlte sich hundeelend.

"Aber wieso hatte Salpeter nicht auf seine provozierenden Gedanken reagiert?" fragte er sich, *"und warum reagierte Salpeter jetzt nicht?"*

Zuckergoschi beschloss nicht mehr zu denken; zumindest so lange, wie er seinem Gegenüber noch ausgesetzt sein würde.

"Ich möchte Sie jetzt bitten mir ganz genau zuzuhören!" fuhr der Herr Instrukteur fort.

"Sie werden ab morgen ihr vergangenes Leben noch ein Mal durchwandern. Sie werden Menschen begegnen, die eine Rolle darin gespielt haben. Dabei ist es ganz egal, ob es nur eine flüchtige Begegnung war oder ein Stück gemeinsamer Weg.
Jede Begegnung wird Ihnen neu erscheinen und Sie werden die Möglichkeit haben frei zu entscheiden, wie Sie mit diesen Begegnungen umgehen.
Wie Ihnen sicher noch im Bewusstsein ist, verliefen einige Begegnungen nicht optimal und die eine oder andere Art Ihrer jeweiligen Reaktion ist zumindest hinterfragungswürdig.
Sie werden die große Chance haben anders, besser zu reagieren. Sie werden aber auch die Freiheit haben alte Fehler neu zu begehen.
Diese ganze Prozedur wird Ihnen in mehreren, kleinen Portionen serviert, sodass Sie Gelegenheit haben werden es zu verdauen."

Zuckergoschi hob erneut die Hand, um eine Frage zu stellen.

"Wie soll das vor sich gehen, das mit dem Verdauen?"

"Dazu wollte ich gerade kommen", antwortete Salpeter.

"Die erwähnten kleinen Portionen werden Sie im Rahmen Ihrer Lehrzeit konsumieren. Aber nicht auf ein Mal, sondern immer nur eine und verteilt auf meh-

rere Zeiten. Und dazwischen können Sie das Erlebte in Pausen verdauen."

"Sie meinen eine Portion pro Tag?" fragte Zuckergoschi unaufgefordert.

"Wir sprechen von Zeiten". Und wir rechnen nicht in Stunden, Tagen oder Monaten!" antwortete Salpeter.

"Und wie weiß ich, wann eine Zeit beginnt und wann sie wieder aufhört?"

"Das werden Sie dann schon merken, wenn es soweit ist!" antwortete der Herr Instrukteur etwas gereizt.

Zuckergoschi - gewarnt durch die Reaktion von Salpeter - hob wieder brav die Hand, bevor er seine nächste Frage stellte.

"Was geschieht in den Pausen? Kann ich da irgendetwas unternehmen? Sport oder Fernsehen oder ein Lokal aufsuchen; wenn es das überhaupt hier oben gibt."

"Alles, was Sie gerade aufgezählt haben, steht Ihnen selbstverständlich hier oben zur Verfügung!"

Als Salpeter das sagte, legte er Wert auf die besondere Betonung von „hier oben".

"Sie werden im Übrigen ausführliches Informationsmaterial in Ihrer Unterkunft vorfinden!"

"Kann ich noch etwas fragen?"

Zuckergoschi hatte wieder darauf verzichtet sich mit Handzeichen bemerkbar zu machen, war er doch der festen Überzeugung, dass er und der Herr Instrukteur wohl keine Freunde werden würden.

"Bitte, fragen Sie!"

"Wie verhält sich das mit Essen und Trinken?

"Ich verstehe Ihre Frage nicht!"

"Na, ganz einfach? Muss ich selber kochen oder kann ich mir ein Manna aus dem Supermarkt besorgen?"

Das Gesicht des Instrukteurs verfärbte sich für einen kurzen Augenblick dunkelrot, um gleich darauf wieder seine Normalfarbe anzunehmen.

Es war, als hätte irgendjemand einen Schalter ON/OFF bedient. Zuckergoschi erschrak. So etwas hatte er noch nie zuvor erlebt.

"Wenn Sie in Ihrer Unterkunft etwas zu essen wünschen, dann müssen Sie den Wunsch nur aussprechen. Danach erscheint auf dem Tisch die gewünschte Speise und ebenso auch das gewünschte Getränk."

Zuckergoschi schämte sich. Er hatte sein Gegenüber auf die übelste Weise provoziert und dieser hatte ihm in einem ruhigen, sachlichen, ja fast freundlichen Ton die gewünschte Antwort erteilt.

Die beiden sahen einander an. Es war von einem Schweigen begleitet, von dem Zuckergoschi hoffte, dass es bald beendet sein würde.

"Ich denke, wir lassen es für heute damit bewenden."

Mit diesem Satz beendete Salpeter das Schweigen.

"Wir werden noch genug Gelegenheit haben miteinander zu sprechen, und außerdem gibt es ja da noch die Unterlagen in Ihrer Unterkunft."

Der Herr Instrukteur war aufgestanden, hatte Zuckergoschi die Hand gereicht und ihm „alles Gute" gewünscht.

Vor der Tür hatte Manfred-0815 die ganze Zeit über gewartet. Mit ihm fuhr Zuckergoschi jetzt zu seiner Unterkunft.

****

Die Überraschung war groß, als Zuckergoschi das Gefährt erblickte, mit dem er transportiert werden sollte. Es zu beschreiben war gar nicht so einfach.

Es sah aus wie eine Kutsche. Man könnte es mit viel Fantasie vielleicht als „Landauer" bezeichnen, nur ohne Deichsel und ohne Dach.

Manfred-0815 und Zuckergoschi nahmen Platz, und wie von Geisterhand setzte sich das Gefährt von selbst in Bewegung.

Zuckergoschi war fasziniert. Kein Lenkrad, kein Motor, ja noch nicht ein Mal Räder. Dieses Gebilde schwebte einfach über dem Boden und das völlig geräuschfrei.

"Ursa Major", sagte plötzlich Manfred-0815, *"euch Erdlingen besser als „Großer Wagen" bekannt!"*

Und bevor Zuckergoschi sein Erstaunen zum Ausdruck bringen konnte, ergänzte sein Fahrer: *"Wir haben ihn auch in klein! Das ist der „Ursa Minor"!"*

"Der kann ja sprechen", dachte Zuckergoschi und sah, wie Manfred-0815 lächelte. *"Und Gedanken lesen kann er auch!"*

"Wieso haben Sie vorhin „Erdlinge" gesagt?" fragte Zuckergoschi seinen Begleiter.

"Alle nennen euch so!" kam die lapidare Antwort. *"Und übrigens; wir können uns ruhig duzen!"*

"Sehr gern, Manfred-0815! Ich heiße Ewald, ich meine natürlich Zuckergoschi!"

"Also erstens bitte ich dich mich nur Manfred zu nennen, ohne die Nummer hinten dran, und zweitens kann ich dich gern Ewald nennen, wenn du das möchtest!"

"Mache ich, Manfred! Mir wäre es jedoch lieber, du nennst mich Zuckergoschi, sonst komme ich noch durcheinander. Und außerdem liebe ich diesen Namen!"

"Ich weiß!" sagte Manfred und lächelte.

"Eine Frage, Manfred: Könntest du mich nicht ab und zu besuchen?"

Manfred zögerte einen Augenblick lang mit der Antwort, sagte dann aber:

"Offiziell ist es mir nicht gestattet Erdlinge privat aufzusuchen; aber ich werde es trotzdem tun!"

"Das freut mich sehr!" sagte Zuckergoschi. *"Das bedeutet mir sehr viel. Ich hoffe, ich trete dir nicht zu nahe, wenn ich dir sage, dass du mir sehr sympathisch bist!"*

"Das beruht auf Gegenseitigkeit!"

Die Fahrt verlief sehr angenehm. Sie schwebten mit der Ursa Major über blumenbedeckte Wiesen, über kleine Bächlein und vorbei an vielen kleinen, Bungalow ähnlichen Häuschen.

Zuckergoschi hielt die ganze Zeit über Ausschau nach einem Kasernen ähnlichen Gebäude, und war völlig überrascht, als sie vor einem solchen Häuschen stehen blieben.

"Wir sind da!" sagte Manfred-0815, *"das ist dein neues Zuhause!"*

Zuckergoschi war sprachlos - natürlich nonverbal!

"Und was sagst du?" hörte er seinen neuen Freund fragen. *"Gefällt es dir?"*

"Und wie!" antwortete Zuckergoschi, *"das hätte ich nicht erwartet!"*

"Das freut mich, mein Lieber. Ich wünsche dir, dass du dich recht wohl fühlst in deinem neuen Heim!"

"Danke! Kommst du noch auf einen Sprung herein?"

"Nein!" sagte Manfred-0815 erschrocken. *"Das geht nicht, das ist uns strengstens untersagt!"*

Und schon fast flüsternd sagte er: *"Ich komme irgendwann ein Mal am Abend vorbei, wenn es dunkel ist!"*

"Wird es hier oben auch dunkel wie unten auf der Erde?" fragte Zuckergoschi völlig überrascht.

"Na klar, was hast du denn gedacht!" antwortete Manfred-0815 lachend. *"Aber jetzt muss ich los. Bis bald!"*

"Wie soll ich dich denn später erkennen, wenn mir um Mitternacht meine Erinnerung ausgelöscht wird?" fragte Zuckergoschi traurig und den Tränen nahe.

"Aber das betrifft doch nur das Leben vor deinem Tod. Was hier oben passiert, das bleibt dir erhalten!"

Zuckergoschi war sichtlich erleichtert, als er das gehört hatte. Beinahe hätte er Manfred-0815 umarmt. Dieser war einen Schritt zurück getreten, so als hätte der Zuckergoschis Absicht erahnt.

"Also bis demnächst und viel Glück!"

Mit diesen Worten verabschiedete sich Manfred-0815, stieg in sein Gefährt und entschwebte. Zuckergoschi sah ihm noch lange nach, bevor er in der Ferne verschwand.

Die Überraschung war groß, als Zuckergoschi sein neues Domizil betrat. Es sah nicht wesentlich anders aus, wie ein ähnliches Gebäude auf der Erde.

Vielleicht abgesehen davon, dass es keinerlei Geschirr gab, keinen Kühlschrank und auch keine Waschmaschine.

Laut vorhandener „Bedienungs-, Gebrauchs- und noch weiteren Anleitungen" fand Zuckergoschi folgendes heraus:

1. Einen Essens- oder Getränkewunsch muss man nur aussprechen, um das jeweilige zu erhalten. Es steht dann wie aus Zauberhand - sofort auf dem Tisch.

Und dass man

2. die Schmutzwäsche in ein dafür vorgesehenes Behältnis legen muss und dass durch ein Klatschen in die Hände der Reinigungsprozess initiiert wird. Die gereinigte Wäsche legt sich danach von selbst zusammen und ist wieder verwendungsfähig.

Das Wohnzimmer war jedoch fein ausgestattet mit Couch, Sesseln, Fernseher und einer Stereoanlage.

Dass Bad und WC selbstreinigend waren, überraschte Zuckergoschi nicht wirklich.

Hinter dem Haus war ein kleiner Blumengarten angelegt, der mit Tisch, Sesseln und Liegestühlen bestückt war.

"Aha!" dachte Zuckergoschi, *"so wie es aussieht, kann ich sogar Besuch empfangen."*

Zuckergoschi machte es sich in einem der Liegestühle bequem, sagte laut *"Whisky on the rocks please!"*, und wirklich, kaum hatte er es gesagt, baute sich ein Tumbler mit edlem Bourbon vor seinen Augen auf.

"So gefällt mir das!" dachte Zuckergoschi und nahm einen kräftigen Schluck. Und ohne dass er es bestellt hatte, wurde gleich noch eine Schale mit Erdnüssen dazu gestellt.

Zuckergoschi nahm ein kleines Büchlein in die Hand dessen Titel lautete: Richtlinien für die Lehrzeit.

"Lieber Neuankömmling, wir heißen Sie herzlich willkommen bei uns und wir wünschen Ihnen viel Freude und Erfolg für Ihre Lehrzeit!

Wie man Ihnen ja schon mitgeteilt hat, besteht die Lehrzeit in der Bewältigung vieler, kleiner Szenarien, welche Sie zu Lebzeiten in derselben Art und Weise schon ein Mal erfahren haben. Sie werden Ihnen jedoch neu vorkommen, weil Ihr Gedächtnis nicht so weit zurück reicht.

Die einzelnen Aufgaben werden Ihnen nicht zusammenhängend gestellt, sodass Sie zwischen zwei Aufgaben genügend Zeit haben werden, um sich Ihrem Vergnügen hinzugeben. Dabei bleibt es Ihnen überlassen, wie sie diese gestalten.

Am Ende jedes Szenarios wird Ihr Verhalten von uns bewertet und am Ende der Lehrzeit wird ein Gesamtergebnis errechnet und eine entsprechende Empfehlung ausgesprochen. Näheres erfahren Sie noch im Verlaufe Ihrer Lehrzeit.

Der Beginn eines Szenarios wird Ihnen durch ein besonderes Glockenzeichen mitgeteilt. Zusätzlich erhalten Sie aber noch eine schriftliche Nachricht auf dem Bildschirm Ihres Fernsehers.

Sollten Sie uns kontaktieren wollen, so tun Sie das, indem Sie Ihre Nachricht - vor dem Bildschirm stehend - deutlich artikulieren.

Das soll es für das Erste gewesen sein. Wir wünschen Ihnen einen schönen Aufenthalt!

Noch ein wohlgemeinter Rat:

Nützen Sie den Rest des Tages, um Ihr Leben Revue passieren zu lassen. Sie wissen ja, nach Mitternacht ist das nicht mehr möglich. Sie werden sich nicht mehr daran erinnern können!"

Zuckergoschi, der sich inzwischen ein zweites „Gedeck" herbeizaubern lassen hatte, lehnte sich zurück und schloss die Augen.

Er sah den kleinen Ewald, der mit dreizehn Jahren zum Vollwaisen geworden war, weil ihm ein betrunkener Autofahrer seine Eltern genommen hatte.

Seine Tante Elsbeth, die Schwester seines Vaters hatte ihn damals zu sich genommen, weil sich das einfach gehörte; aber mit Liebe hatte das nichts zu tun.

Ewald war ihr ein Dorn im Auge, weil sich die Tante für ihren Lieblingsbruder eine bessere Partie gewünscht hätte als seine Mutter das war.

Eine Ärztin oder eine Anwältin hätte es sein sollen oder zumindest eine Dame aus der besseren Gesellschaft. Aber der unbelehrbare Bruder musste ja unbedingt diese nichtssagende Frau aus der Mittelschicht heiraten. Ewalds Mutter war eben nur eine kleine Verkäuferin; aber mit einem riesengroßen Herzen.

Als Ewald dann auf die Welt kam, war das Glück perfekt. Nicht jedoch für Tante Elsbeth. Sie sah dadurch die kleine Chance, dass sich der Bruder vielleicht irgendwann wieder hätte scheiden lassen könnte, in Rauch aufgehen. Scheidung mit Kind war in ihren Kreisen völlig indiskutabel.

Ewald war nach dem vierten „Whisky on the rocks" völlig in sein altes Leben eingetaucht. Er dachte daran, dass Tante Elsbeth in die durch die Schule trieb, wie der Bauer seinen Ochsen über den Acker, dabei hätte er viel lieber ein Handwerk erlernt.

So sehr er sich auch auflehnte, es half nichts, denn die Tante gab erst Ruhe, als er seine Banklehre beendet hatte und im Bankhaus Schöller auf die erste Stufe seiner Karriereleiter gestiegen war.

Er brachte es schnell sehr weit, wohl auch, weil er der Macht und der Erotik des Geldes erlegen war. Er kaufte sich schon bald sein erstes Auto und führte das Leben eines Snobs.

Frauen waren für ihn ein netter Zeitvertreib; aber auch nicht mehr. Für eine dauerhafte Beziehung sah er überhaupt keine Veranlassung.

"Eine wichtige Mitteilung: Die Erinnerung an ihre alte Lebenszeit wird demnächst abgeschaltet!"

Die Stimme, die er überall hörte, ganz egal ob im Wohnzimmer, Schlafzimmer oder Bad, machte ihn darauf aufmerksam, dass er in Kürze alles vergessen werden würde, was bis jetzt noch vorhanden war.

"Das ist irgendwie monströs", dachte Ewald, *"fast so monströs wie mein Ableben".*

Ewald war mit seinem Motorrad unterwegs und hatte eine Kurve zu viel und zu schnell genommen. Er lebte noch, als er in das Krankenhaus eingeliefert wurde und die Ärzte bemühten sich sehr. Schließlich war er nicht irgendwer. Er war der Enkel vom Konsul Wilhelm Bratling, einem Angehörigen des Hamburger Geldadels.

Als Tante Elsbeth das Krankenzimmer betrat, fand sie ihren Neffen vor, der nur noch mit einem Bein im Leben stand. Mit dem anderen hatte er schon das Reich der Toten betreten.

"Was habe ich dir immer gesagt?" kam es vorwurfsvoll aus ihrem Mund, *"du sollst nicht wie ein Verrückter mit dem Motorrad fahren. Aber du warst ja schon immer verantwortungslos und rücksichtslos!"*

Ewald, der sich bereits anschickte seine irdische Hülle zu verlassen, hörte jedes Wort ohne jedoch darauf reagieren zu können.

"Dein Vater war genau so ein sturer und rücksichtsloser Mensch wie du; sonst hätte er deine Mutter niemals geheiratet. Im Grunde bist du ebenso wenig

ein echter „Bratling" wie deine Mutter - Gott hab sie selig!"

Professor Heinze, der sich ebenfalls im Zimmer befand, war im Begriff die aufgebrachte Tante um Mäßigung zu bitten, als Tante Elsbeth in weiterhin harschem Ton fauchte: *"Wo bleibt denn der Geistliche?"*

"Er muss jeden Augenblick da sein, Fräulein Elsbeth!"

Auf diese Anrede legte Tante Elsbeth allergrößten Wert. Sie war ein Fräulein mit intakter Jungfräulichkeit, und das konnte und sollte auch jedermann wissen.

Eine Heirat hatte es niemals gegeben und ob es je eine Liebschaft gegeben hatte, stellte Ewald stark in Zweifel. Er kannte sie nur als keifende Frau, die niemand mochte, noch nicht ein Mal ihr eigener Vater.

Nur mit Ewalds Vater vertrug sich Tante Elsbeth. Allerding auch nur solange, bis er diese unselige Verbindung mit Ewalds Mutter eingegangen war.

Der Herr Pastor hatte zwischenzeitlich den Raum des Sterbenden betreten. Er hatte ein kleines Kruzifix dabei, das er auf das Kästchen neben dem Bett stellte.

Ewald hatte es sich inzwischen bequem gemacht. Er hatte seinen Körper verlassen und schwebte unter der Decke. So hatte er einen wunderbaren Blick auf die Geschehnisse unter ihm.

Der Geistliche begann mit seiner Arbeit und Tante Elsbeth beobachtete ihn dabei mit argwöhnischem Blick. Am Ende, als er zum gemeinsamen „Vaterunser" aufrief, versank die Tante in eine tiefe Frömmelei, denn das Wort „Frömmigkeit" wäre in diesem Zusammenhang unangebracht gewesen.

Tante Elsbeth ging zwar jeden Sonntag in die Kirche und nahm im Familiengestühl Platz, welches die Ahnen irgendwann ein Mal „gekauft" hatten, aber nur, weil ihr der Herr Konsul sonst die monatliche „Apanage" gestrichen hätte.

Am Ende der Zeremonie ging der Herr Professor zu dem Patienten, um dessen Ableben festzustellen und um dem Fräulein sein tiefstes Mitgefühl auszusprechen.

Was dann geschah, ließ Ewald beinahe von der Decke herunter fallen. Tante Elsbeth, dieser alte Drache, küsste ihn auf die Stirn und Ewald glaubte sogar eine kleine Träne in ihrem Auge ausmachen zu können.

****

Ein mehrmaliges Läuten, ergänzt durch eine sich wiederholende Ansage riss Zuckergoschi aus dem Schlaf:

"Guten Morgen, Zuckergoschi! Sie haben eine neue Nachricht!"

Zuckergoschi stand auf, ging zum Fernseher und las:

"Wenn Sie geduscht sind und gefrühstückt haben, beginnt Ihr erstes Szenario. Begeben Sie sich zu diesem Zweck in den dafür vorgesehenen Raum!"

Zuckergoschi bestellte Kaffee, Orangensaft, Toast, Marmelade und Butter. Aus der Stereoanlage erklang leise Musik. Es war dieselbe Musik, die er auch schon unter der Dusche gehört hatte.

Als er mit dem Frühstück fertig war, ging er in ein kleines Zimmer, in welchem sich nur eine Liegecouch befand. Er legte sich darauf und verfiel sehr schnell in eine Art Trance...

****

Heute war sein erster Arbeitstag im Bankhaus Schöller. Ewald ging durch die Halle bis hin zum Empfang. Auf der Empfangstheke stand ein Schild, auf welchem „Frau Engler" zu lesen war und dahinter saß eine nette, ältere Dame.

"Moin, moin!" sagte Ewald in flapsiger Manier, *"mein Name ist Ewald Bratling. Melden Sie mich bitte bei Herrn Direktor Möller an!"*

"Sie müssen der Enkel vom alten Konsul sein!" sagte die Dame mit einem liebevollen Lächeln.

"Für Sie doch wohl eher „Herr Konsul Bratling!" entgegnete Ewald auf rüde Art, wobei seine besondere Betonung auf „Herr" lag.

"Natürlich, Herr Bratling", sagte die sichtlich erschrockene Empfangsdame, *"es tut mir leid; bitte entschuldigen Sie!"*

"Ist gut!" sagte Ewald in herablassender Weise, *"melden Sie mich jetzt bitte an!"*

"Sehr wohl, Herr Breitling!" antwortete Frau Engler, nahm den Hörer ab und meldete Ewald wunschgemäß beim Herrn Direktor an.

"Bitte mit dem Fahrstuhl in den dritten Stock, dann links bis ganz nach hinten, dort werden Sie bereits erwartet!"

Ewald fühlte sich großartig. Er konnte es sich nicht verkneifen im Weggehen noch ein leises, aber durchaus vernehmbares *"Geht doch!"* loszuwerden.

"Kommen Sie herein, junger Mann, und nehmen Sie Platz!"

Mit diesen Worten wurde Ewald von dem älteren Herrn hinter dem wuchtigen, aus edlem Holz gemachten Schreibtisch sitzend, empfangen.

Ewald, der die Hand zum Begrüßen ausgestreckt hatte, zog sie schnell wieder zurück, als er bemerkte, dass der Herr Direktor keine Anstalten machte, diese zu ergreifen.

"Sie sind also der Enkel meines Freundes Wilhelm", begann der Herr Direktor das Gespräch. *"Wie geht es denn dem alten Haudegen?"*

"Danke der Nachfrage, Herr Direktor, es geht ihm gut. Ich soll liebe Grüße bestellen!"

Das mit den „lieben Grüßen" hatte Ewald in der Sekunde erfunden, um seinem Gegenüber zu schmeicheln.

"So, so", sagte der Herr Direktor, als hätte er die Lüge durchschaut. *"Was treibt er denn so den lieben, langen Tag?"*

"Mal dies, Mal das", stotterte Ewald aus Nichtwissen und Verlegenheit heraus.

"Und was treibt Sie zu uns, junger Freund? Was ist denn Ihr Ziel? Welche Pläne haben Sie?"

Ewald rutschte nervös auf seinem Stuhl herum. Das Selbstbewusstsein, welches noch vor wenigen Minuten sein treuer Begleiter war, hatte sich leise verabschiedet.

"Nun, ich will Karriere machen und viel Geld verdienen!" kam die spontane Antwort aus Ewalds Mund.

Der Herr Direktor sah seinem jungen Kollegen lange ins Gesicht, das gerade im Begriff war sich leicht zu verfärben.

"Das nenne ich „ein klares Ziel vor Augen haben", erlöste er Ewald und ergänzte:

"Um das zu erreichen, müssen Sie erst ein Mal eine gute Lehrzeit absolvieren und danach einen sehr guten Abschluss machen!"

Ewald nickte zustimmend, denn er war der Meinung, es wäre wohl besser den Herrn Direktor reden zu lassen und selbst zu schweigen.

"Und Lehrjahre sind nun ein Mal keine Herrenjahre, Herr Bratling! Oder sehen Sie das anders?"

"Nein, nein!" stieß Ewald artig heraus.

"Dann ist es ja gut!" sagte der Herr Direktor und drückte auf den Knopf seiner Sprechanlage.

"Frau Keller, rufen Sie mir doch bitte den Herrn Schwarzer. Er möchte kurz zu mir kommen!"

"Sehr gern, Herr Direktor!" kam die Antwort der Vorzimmerdame durch die Sprechanlage.

Es dauerte nicht lange, bis es klopfte und ein stattlicher Herr, wohl um die fünfzig Jahre alt, betrat das Zimmer.

"Das ist Herr Bratling, der heute bei uns anfangen möchte. Nehmen Sie ihn bitte unter Ihre Fittiche und machen Sie aus ihm eine brauchbare Arbeitskraft!"

"Sehr wohl, Herr Direktor!" antwortete Herr Schwarzer mit einer leichten Verbeugung.

"Das wäre alles, Herr Schwarzer. Sie können gehen und nehmen Sie den jungen Mann gleich mit!"

Als sich der Herr Schwarzer ein weiteres Mal verbeugte, hatte sich der Herr Direktor schon wieder den Akten zugewandt, welche vor ihm auf dem Schreibtisch lagen.

Herr Schwarzer verließ den Raum, gefolgt von einem völlig desillusionierten Ewald Bratling, von dem sich der Herr Direktor noch nicht ein Mal verabschiedet hatte.

Ewald hatte erwartet - wohl schon aufgrund seiner noblen Herkunft - dass man ihm einen roten Teppich ausrollen würde.

Nun; einen roten Teppich hatte man ihm ja ausgerollt. Aber er reichte nur bis in die Vorhalle der Bank. Was vor ihm lag, war eine strenge und gründliche Ausbildung.

Ewald beschloss in diesem Augenblick keine gute Lehrzeit zu absolvieren, sondern eine sehr gute. Und was den Abschluss danach betraf, so sollte seiner der Beste sein, den dieses Haus je erlebt hatte.

"Vielen Dank, Zuckergoschi! Ihr erstes Szenario ist damit beendet!"

Die Stimme aus dem Irgendwo holte Zuckergoschi wieder in die Gegenwart zurück. So sehr er sich auch bemühte, und so sehr er es auch wollte, er war nicht imstande sich an den Inhalt des Szenarios zu erinnern.

Etwas später läutete es an der Haustüre. Es war Sirtaki, der ihn besuchen kam.

"Das ist aber eine schöne Überraschung", sagte Zuckergoschi, der sich riesig freute.

"Ich dachte, ich sehe ein Mal nach dir, ob du zurechtkommst."

"Das ist wirklich sehr lieb von dir!" sagte Zuckergoschi, und er umarmte spontan seinen Besucher, der gar nicht wusste, wie ihm geschah.

"Langsam, langsam, mein Lieber!" sagte Sirtaki, der völlig überrumpelt war und nicht mit der Situation umgehen konnte.

"Bitte, entschuldige", sagte Zuckergoschi, der von sich selbst überrascht war, *"ich hoffe, du bist mir nicht böse!"*

"Quatsch!" antwortete Sirtaki und ergänzte: *"Komm her!*

Mit diesen Worten nahm er Zuckergoschi in die Arme und drückte ihn ganz fest.

"Wollen wir etwas unternehmen? Was hältst du davon?"

Zuckergoschi, der sowohl von Sirtakis Erwiderung seiner Umarmung, als auch von dessen Vorschlag überrascht war, stimmte begeistert zu.

"Und was schlägst du vor?" fragte er Sirtaki.

"Ganz egal!" antwortete dieser, *"hast du vielleicht irgendeinen Wunsch?"*

"Nein! Ich kenn mich ja noch nicht so aus. Ich verlasse mich da völlig auf dich!"

"Also gut; dann gehen wir ins „Luna", sagte Sirtaki, *"du wirst sehen, das wird dir gefallen!"*

"Super!" sagte Zuckergoschi, *"dann nichts wie los!"*

Als sie vor die Tür traten, stand ein „Ursa Minor" davor. Den größeren Bruder hatte Zuckergoschi ja schon am Tag seiner Ankunft kennengelernt, als ihn Manfred-0815 damit hierher brachte.

Aber was er jetzt zu sehen bekam, war zwar die kleinere Ausführung, passte aber überhaupt nicht zu dem Bild, das sich Zuckergoschi vorgestellt hatte.

Ein schnittiges Teil und ein echter Zweisitzer.

"Der geht ab wie Schmidts Katze!" sagte Sirtaki, *"du wirst es gleich sehen!"*

Und tatsächlich. Die beiden Freunde nahmen Platz, Sirtaki sagte *"Ins „Luna" - aber pronto!",* und ab ging die Post. Zuckergoschi wurde regelrecht in den Sitz gepresst.

"Na?" sagte Sirtaki voller Stolz, *"habe ich dir zu viel versprochen?"*

"Hast du nicht!" antwortete Zuckergoschi und er fühlte sich so richtig gut dabei.

Das „Luna" war eine kleine, intime Bar mit schummrigem Licht und einer Jukebox. Als die beiden die Bar betraten, wurde Sirtaki von allen Seiten freudig begrüßt.

"Dass du dich auch ein Mal wieder blicken lässt; du warst lange nicht mehr hier!" sagte die Dame hinter der Bar und warf ihm einen sündigen Blick zu.

Sirtaki und Zuckergoschi hatten sich auf die Barhocker geschwungen und Sirtaki stellte seinen Freund vor.

"Hallo Lilly, das ist Zuckergoschi, der Neue!"

"Herzlich willkommen, Zuckergoschi!" sagte Lilly, begleitet von dem gleichen sündigen Blick, den sie gerade Sirtaki geschenkt hatte, und sie fügte noch hinzu: *"Zuckergoschi - ach wie süß!"*

"Was darf ich meinen Lieblingen kredenzen?" fragte Lilly, und Zuckergoschi war hocherfreut, dass er so schnell Lilly's Herz erobert hatte.

"Ich nehme einen „Tornado", sagte Sirtaki, "und was möchtest du?"

Zuckergoschi sah einen Augenblick lang voller Erstaunen in Sirtakis Gesicht und sagte dann:

"Was ist das?

"Das ist Whisky mit Ginger Ale", antwortete Sirtaki, *"aber ich warne dich; das ist nicht jedermanns Geschmack!"*

"Egal", sagte Zuckergoschi zu Lilly gewandt, *"ich nehme das auch!"*

"Kommt sofort, meine Lieben!" sagte Lilly mit einem Augenzwinkern.

Es folgte eine eingehende Unterhaltung, begleitet von etlichen „Tornados". Was sein erstes Szenario betraf, so konnte Zuckergoschi dem Freund nur mitteilen, dass er sich an den Inhalt nicht mehr erinnern vermochte.

Die „Tornados" zeigten Wirkung und Sirtaki beschloss, den in Hochstimmung befindlichen Zuckergoschi wieder zurückzubringen. Während der Fahrt fragte Zuckergoschi, ob er wohl auch allein die Bar besuchen dürfe.

"Aber natürlich, mein Lieber", antwortete Sirtaki.

"Und wie komme ich dort hin?" fragte Zuckergoschi weiter.

"Indem du dir ein Taxi rufst!" war die Antwort.

"Und wie mache ich das?"

"Das ist ganz einfach", sagte Sirtaki, *"du stellst dich vor den Bildschirm und sagst deutlich verständlich „ein Taxi zum Luna, bitte!" und kurz danach steht es vor deiner Tür."*

"Haha", lachte Zuckergoschi, *"jetzt gerade könnte ich das gar nicht!"*

"Und wieso nicht?" fragte Sirtaki.

"Weil ich noch nicht ein Mal ohne Lallen denken kann..."

Jetzt musste auch Sirtaki lachen. Er hatte den Erdling inzwischen lieb gewonnen und er würde ihn bald wieder besuchen kommen.

"Gute Nacht, mein Freund; schlaf gut! Und viel Glück für dein nächstes Szenario!"

****

Es war Samstagabend und Ewald fuhr mit Sylvia zum "Grenuille", einem beliebten Ausflugslokal, ein Stück außerhalb von Hamburg. Es war der Vorabend von Sylvias siebzehnten Geburtstag.

Sylvias Eltern hatten die Erlaubnis dazu erteilt, weil Ewald ein paar Jahre älter war als Sylvia und wohl auch, weil der Name „Bratling" einen Klang hatte, der Vertrauen implizierte.

Ewald hatte Sylvia bei einer Regatta kennengelernt. Sie war ihm sofort ins Auge gestochen. Groß gewachsen, blond und eine Figur, die nach „Sünde" aussah. Sylvia passte perfekt in Ewalds Beuteschema.

"Du siehst heute besonders hübsch aus!", startete Ewald seine Charmeoffensive. Er hatte sich fest in den Kopf gesetzt, dass er sie heute „knacken" würde. Diverse Versuche davor waren erfolglos verlaufen.

Ewald war nicht gewohnt, dass sich ihm ein weibliches Wesen verweigerte. Umso mehr reizte es ihn die „Festung Sylvia"' zu stürmen und zu erobern. Er hatte fürsorglich schon ein Zimmer im „Grenuille" gebucht.

"Das wird heute ein ganz besonderer Abend!" legte Ewald nach, *"'es wird die Nacht der Nächte!"*

Sylvia, die ihren Ewald liebte, ja mehr noch anhimmelte, schmolz dahin. Sie genoss es sichtlich von Ewald in diesen „Schickimicki-Tempel" ausgeführt zu werden, in den ein Normalsterblicher sicher nie einen Fuß setzen würde. Hierher kamen nur betuchte Leute.

Als sie im Restaurant Platz genommen hatten, bemerkte Sylvia sofort, mit wem sie unterwegs war. Ständiges Lavieren um Ewald herum bekundete deutlich, dass er nicht zum ersten Mal hier war. Und das stimmte ja auch. Es waren nicht wenige Mädchen, für die der lustige Abend in einem der Zimmer oberhalb endete.

Nicht, dass sie dazu gezwungen worden waren, sie waren Ewald gern zu Willen, rechneten sie sich doch aus, eventuell vor den Traualtar geführt zu werden. Doch diese Rechnung hatte nie eine Chance aufzugehen.

Nach dem Essen führte Ewald seine Liebste in den Tanzsaal. Auch hier wurde er von vielen erkannt und begrüßt. Man war eben ganz „entre nous".

Sylvia, die von Ewald allen vorgestellt wurde, genoss das edle und vornehme Ambiente. Sie bemerkte nicht, dass das alles nur Fassade war. Selbst als ihr einer von Ewalds Freunden die Hand küsste, fiel ihr nicht auf, dass sich dieser Herr lediglich einen Spaß mit ihr machte.

Dass sie bei der Regatta dabei war, verdankte Sylvia nur ihrem Chef, dessen Sekretärin sie war, und der sie dazu eingeladen hatte. Ansonsten hatte sie bisher keinen Zugang zu diesen Kreisen gehabt.

"Wollt ihr euch nicht zu uns setzen?" fragte einer von Ewalds Freunden.

"Heute nicht, mein Lieber! Der Abend gehört nur meiner Sylvia und mir!" antwortete Ewald und Sylvia sog jedes dieser Worte voller Glückseligkeit in sich auf.

Ewald hatte einen Tisch in einer kleinen Nische reservieren lassen. Kerzenlicht schaffte eine intime Atmosphäre und die Musik der Tanzkapelle war die perfekte Ergänzung dazu.

Sylvia war nur schwer vom Tanzparkett herunterzubringen. Sie liebte das Tanzen und sie hatte in Ewald den perfekten Tänzer gefunden.

In den Pausen dazwischen erfrischten sich die eifrigen Tänzer mit eisgekühltem Champagner. Sylvia war im siebenten Himmel.

Als die Kapelle eine „Schmuserunde" intonierte, schmiegte sich Ewald fest an Sylvias Körper. Er spürte ihre kleinen Brüste und es erregte ihn sehr. Sylvia, die das wohl bemerken musste, wehrte sich nicht.

"Liebst du mich?" flüsterte Ewald leise in Sylvias Ohr.

"Das weißt du doch!" antwortet sie.

"Ich möchte, dass du es mir sagst!" forderte Ewald mit schmeichelnder Stimme.

"Ich liebe dich!" sagte Sylvia und errötete leicht.

"Wie sehr liebst du mich?" fragte Ewald weiter.

"Bis zum Mond und wieder zurück!" antwortete Sylvia und lachte dabei.

"Das glaube ich dir nicht!" sagte Ewald.

"Aber es ist wahr!" erwiderte Sylvia, fast trotzig.

"Dann beweise es mir!"

Als Ewald das sagte, blickte er Sylvia fest in die Augen.

"Was meinst du damit?" fragte Sylvia, *"wie soll ich dir das beweisen?"*

"Schlafe mit mir heute Nacht!"

Ewald schaute in das entsetzte Gesicht von Sylvia. Sie konnte mit der überfallartigen Aktion ihres Liebsten nicht umgehen. Sylvia musste gegen ihre Tränen ankämpfen.

"Wieso reagierst du so?" fragte Ewald in einem leicht beleidigten Ton. *"Es ist doch die natürlichste Sache auf der Welt, dass zwei Menschen, die sich lieben, auch miteinander schlafen!"*

Sylvia war verunsichert. Sie liebte Ewald und sie freute sich schon darauf seine Ehefrau zu werden. Und ihre Eltern mochten ihn ja auch. Nur hatte sie geglaubt, dass sie erst nach der Hochzeit mit Ewald schlafen würde.

Ewald setzte noch einen drauf, als er die Verunsicherung bei Sylvia bemerkte.

"Du liebst mich, sagst du; aber scheinbar nicht genug, um mir diesen Herzenswunsch zu erfüllen!"

Damit hatte er Sylvias Bedenken den Todesstoß versetzt.

"Ich bin einverstanden!" sagte sie und lächelte Ewald an, fast so, als wolle sie ihn damit sich wieder wohlgesinnt machen.

"Ich habe es gewusst!" triumphierte Ewald, *"ich habe es gewusst, dass du mich wirklich liebst!"*

Ewald vernahm ein Klingeln in seinem Ohr, schenkte dem aber keine weitere Beachtung. Dass dieses Klingeln jedoch eine Bedeutung hatte, sollte er erst viel später erfahren.

Die Tanzrunde war zu Ende und Ewald hatte Sylvia zum Tisch zurück gebracht.

"Bitte, entschuldige mich einen Moment, mein Liebling", sagte Ewald formvollendet, *"ich muss nur kurz zur Toilette!"*

Ewald nützte diese Ausrede, um sich für später den Zimmerschlüssel zu besorgen. Auf dem Weg dorthin traf er auf Carsten, einen seiner Kumpane.

"Und wie läuft es?" fragte dieser.

"Perfekt, mein Lieber! Heute Nacht verspeise ich meine erste Jungfrau!" antwortet Ewald mit geschwellter Brust.

"Gratuliere! Und viel Vergnügen!" antwortete Carsten und ging zurück zu seinen Freunden, um zu berichten.

Es war kurz vor Mitternacht, als Ewald seiner Liebsten sein Geburtstagsgeschenk offerierte.

"Ich habe eine Überraschung für dich, mein Liebling. Wir gehen jetzt hinauf auf unser Zimmer, wo wir ungestört sind. Dort werden wir auf deinen Geburtstag anstoßen und dann werde ich dir mein Geschenk überreichen!"

Sylvia, schon leicht gezeichnet von zu viel Champagner, folgte Ewald ohne Widerspruch und wehrte sich auch nicht, als er sie entkleidete. Als er jedoch in sie eindringen wollte, verkrampfte sie total.

Ewald hatte auf jegliches Vorspiel verzichtet. Er war wie besessen von dem Gedanken Sylvia zu entjungfern, dass er die Kontrolle über sich verlor. Er drang mit Gewalt in Sylvia ein, die sich heftig wehrte.

"Bitte, hör auf! Es tut so weh!" rief sie laut und die Tränen liefen ihr dabei über das Gesicht. Ewald machte dennoch weiter, denn sein aufgewühlter Körper verlangte es.

"Hör auf! Hör sofort auf!" Sylvia schrie es förmlich heraus.

Ewald unterbrach sein schändliches Tun und wurde sich bewusst, was er getan hatte. Das Bettlaken war voller Blut und das nackte Entsetzen im Gesicht einer jungen Frau starrte ihm entgegen.

"Was hast du nur getan?" stammelte Sylvia, die von einem heftigen Weinkrampf geschüttelt, kaum reden konnte. *"Es tut so weh, es tut so schrecklich weh!"*

Ewald versuchte Sylvia zu beruhigen. Er hatte einen kleinen Ring, den er gekauft hatte geholt, um ihn Sylvia zu geben.

"Herzlichen Glückwunsch zum Geburtstag!" stammelte er und reichte Sylvia den Ring.

Sylvia nahm den Ring und warf ihn gegen die Wand.

"Deinen Ring kannst du behalten, du Schwein. Ruf mir sofort ein Taxi!"

Sylvia hatte sich etwas beruhigt. Sie kleidete sich an wie in Trance und wollte das Zimmer verlassen, aber Ewald hielt sie zurück, um ihr zu sagen, dass er sie nachhause fahren würde.

"Fass mich ja nicht an!" fauchte Sylvia, *"oder ich schreie laut um Hilfe!"*

Der Ausdruck in Sylvias Gesicht ließ keinen Zweifel ob der Glaubwürdigkeit dieser Ansage zu. Ewald öffnete die Zimmertür und ließ Sylvia hinaus.

Als sie den Flur entlang ging, kam ihr ein Zimmermädchen entgegen. Als diese die blutverschmierten Beine von Sylvia sah, erschrak sie. Ewald, der das ebenfalls bemerkt hatte, rief das Zimmermädchen zu sich.

Er drückte der verwirrten jungen Frau ein paar Geldscheine in die Hand und sagte: *"Bringen Sie das schnell in Ordnung; aber unauffällig!"*

Dann eilte er Sylvia hinterher, fand sie aber nicht. Sie war bereits mit einem vor dem „Grenuille" stehenden Taxi davon gefahren.

Ewald, der erbärmliche Verführer, war völlig ratlos. Er wusste nicht, was er tun sollte. In seiner großen Not rief er Tante Elsbeth an. Sie war der einzige Mensch, der helfen konnte.

Von Sylvia hat er nie wieder etwas gehört. Die gute Tante hatte das Problem wohl aus der Welt geschafft. Geld war zu allen Zeiten ein probates Mittel zur Lösung von Problemen. Und in dieser Familie gab es genug davon. Wichtig war nur das eine: "Nur kein Skandal!"

****

"Guten Morgen, Zuckergoschi! Heute wäre ein perfekter Tag, um Sport zu treiben. Schauen Sie bitte auf Ihren Bildschirm!"

Mit diesen Worten wurde Zuckergoschi geweckt, der noch tief und fest geschlafen hatte. Er stand auf, und noch bevor er ins Bad ging, machte er einen kurzen Blick auf den Bildschirm.

Das Bild einer Frau und der dazu gehörige Text erstaunten ihn:

"Hallo! Ich bin „Schneeflocke" und ich möchte Sie zu einer Partie Tennis einladen. Wenn Sie Interesse haben, sprechen Sie Ihre Antwort bitte in den Bildschirm, damit ich es lesen kann. Vielen Dank und liebe Grüße!"

Zuckergoschi überlegte, wer das wohl war und warum ihn die Dame „Schneeflocke" zu einer Partie Tennis einladen wollte. Ohne lange nachzudenken antwortet er:

"Guten Morgen, Schneeflocke! Vielen Dank für die nette Einladung, der ich sehr gerne Folge leiste. Wann und wo wollen wir uns treffen?"

Die Antwort kam postwendend:

"Etwas später auf dem Platz „Gottfried". Ich freue mich schon!"

Ewald überlegte, für wann „etwas später" gemeint sein könnte, ließ aber wieder davon ab und stieg unter die Dusche.

Als er seinen Kleiderschrank öffnete, fand er ein komplettes Tennis-Outfit vor, samt Schläger und Bällen, was ihn aber keineswegs erstaunte.

Er frühstückte eine Kleinigkeit, stellte sich vor den Bildschirm und sagte klar und deutlich, wie ihm das von Sirtaki erklärt worden war: *"Ein Taxi zum Tennisplatz „Gottfried" bitte!"*

"Das Taxi steht vor Ihrer Tür. Wir wünschen Ihnen noch einen wunderschönen Tag!"

Zuckergoschi staunte nicht schlecht, als er das las, und als er vor die Tür trat, stand das Taxi tatsächlich schon bereit.

"So gefällt mir das", sagte er vor sich hin, *"das nenne ich Service vom Feinsten!"*

Kaum hatte er Platz genommen, fuhr das Taxi auch schon los. Die Fahrt dauerte dieses Mal etwas länger, und Zuckergoschi genoss es.

"Wir sind da!" sagte die Stimme aus einem Lautsprecher, den Zuckergoschi nicht lokalisieren konnte, *"ich wünsche Ihnen ein schönes Spiel!"*

"Danke!" sagte Zuckergoschi, die Sinnhaftigkeit dieses Vorgangs hinterfragend, und stieg aus. Er ging hinein in das Clubhaus, über dessen Eingang zu lesen stand: "Club Gottfried".

"Guten Tag, Zuckergoschi, und herzlich willkommen im Club Gottfried!"

Mit diesen Worten wurde Zuckergoschi von einer netten Dame begrüßt.

"Mein Name ist „Petra-3420" und ich freue mich, dass Sie der Einladung gefolgt sind!"

"Die Freude ist ganz meinerseits!", sagte Zuckergoschi. *"Und Sie sind also „Schneeflocke" - richtig?"*

"Nein! Wie ich schon sagte, ich bin „Petra-3420" und ich begrüße nur die Gäste."

Zuckergoschi war es ziemlich peinlich, dass er die Nennung ihres Namens überhört hatte, und er entschuldigte sich.

"Ist schon in Ordnung", sagte Petra-3420, *"Ihre Partnerin erwartet sie auf Platz sieben!"*

Zuckergoschi konnte sich seinen Fauxpas nur so erklären, dass er - von der Schönheit der Empfangsdame gefangen - angenommen hatte, es handle sich um Schneeflocke.

"Hallo Zuckergoschi, ich freu mich sehr, dass du gekommen bist!"

Bevor Zuckergoschi auf die freundliche Begrüßung reagieren konnte, fuhr Schneeflocke fort:

"Das „DU" geht doch in Ordnung; nicht wahr? Sportler duzen sich ja schließlich!"

"Natürlich, liebe Schneeflocke", antwortete Zuckergoschi, *"und vielen Dank für die nette Begrüßung!"*

Was Zuckergoschi sah, gefiel ihm. Es gefiel ihm sogar sehr. Er dachte einen Augenblick darüber nach, ob er diese aparte Erscheinung nicht schon im Luna gesehen hatte, als er mit Sirtaki dort war.

"Dann lass uns gleich anfangen!" sagte Schneeflocke mit einem bezaubernden Lächeln.

"Halt!" sagte Zuckergoschi, *"um was spielen wir?"*

"Man kann hier oben um nichts spielen; denn alle materiellen Dinge werden unentgeltlich zur Verfügung gestellt", antwortet Schneeflocke.

"Dann spielen wir eben um etwas Immaterielles!" schlug Zuckergoschi vor.

"Und an was genau denkst du?" fragte Schneeflocke.

"Um einen Kuss!" antwortet Zuckergoschi forsch.

Schneeflocke überlegt kurz, um dann mit einem Lächeln zu antworten: *"Ich bin einverstanden!"*

Dann begannen die beiden ihr Spiel.

"Der Name „Schneeflocke" passt perfekt zu ihr", dachte Zuckergoschi, und wurde fast von dem Ball erschlagen, der ihm gerade entgegen schoss.

Der erste Satz ging zu Ende, ohne dass Zuckergoschi auch nur ein einziges Spiel gewonnen hätte. Ein Gefühl von Frust und gekränktem Stolz hatte begonnen an Zuckergoschi zu nagen.

Schneeflocke, die das bemerkt haben dürfte, schaltete einen Gang zurück, als Zuckergoschi den zweiten Satz eröffnete. Sie überließ ihm den einen oder anderen Punkt, machte es aber so geschickt, dass Zuckergoschi keinen Verdacht schöpfte.

"Geht doch!" dachte er, als er den zweiten Satz gewonnen hatte. Als es im dritten Satz 6:6 stand und eigentlich ein Tiebreak angesagt gewesen wäre, machte ihm Schneeflocke den Vorschlag sich mit dem Unentschieden zu begnügen. So gäbe es keinen Verlierer.

Zuckergoschi stimmte spontan zu, obwohl er überzeugt davon war, dass er den entscheidenden dritten Satz gewonnen hätte. Kaum hatte er dies getan, fiel ihm ein, dass er damit um den sicher geglaubten Kuss umgefallen ist.

Er wollte Schneeflocke darauf hinweisen, verzichtete aber darauf. Nach dem Match gingen die beiden noch an die Bar und nahmen ein erfrischendes Getränk zu sich.

Schneeflocke gab ihrem Partner zum Abschied einen Kuss auf beide Wangen und sagte:

"Hat Spaß gemacht! Vielleicht demnächst wieder ein Mal?"

"Unbedingt!" antwortete Zuckergoschi, *"mir hat es auch sehr gefallen!"*

Danach trennten sich ihre Wege und Zuckergoschi fuhr mit dem Taxi nach Hause. Dort angekommen duschte er, zog sich einen bequemen Bademantel an, und bestellte sich einem „Whisky on the rocks", den er genüsslich in sich hinein schlürfte.

"Was für ein bezauberndes Wesen. Eine Frau zum Verlieben."

Mit diesen Gedanken ließ er den wunderschönen Tag ausklingen.

****

"Wäre es nicht klüger, wir würden uns ein Taxi rufen?" sagte Hinnerk zu Ewald. Sie standen vor dem „Paradise", einer Bar im Westen Hamburgs, in welcher Ewald und seine drei Freunde Stammkunden waren.

Während Hinnerk, Klaas und er tüchtig dem Alkohol zusprachen, konsumierte Jan ausschließlich Cocktails ohne Alkohol. Das kam daher, dass er unter „Hashimoto" litt, einer Erkrankung der Schilddrüse, und somit keinen Alkohol trinken durfte.

"Du spinnst wohl!" antwortete Ewald, *"glaubst du wirklich, ich setze mich in ein stinkendes Taxi?"*

"Ich meine ja nur, weil wir getrunken haben", machte Hinnerk einen zweiten Versuch.

"Ich könnte doch fahren!" mischte sich Jan ein, *"ich habe ja keinen Alkohol getrunken."*

"Kommt überhaupt nicht in Frage", brachte Ewald deutlich zum Ausdruck, *"meinen „Hobel" fährt niemand außer mir!"*

Mit diesen Worten öffnete Ewald sein Auto und setzte sich hinein.

"Wer einen Arsch in der Hose hat, kann mitfahren; alle anderen können ja zu Fuß gehen oder mit dem Bus fahren!"

Immer wenn Ewald getrunken hatte, dann rutschte er gern in die Fäkalsprache ab, was die Freunde goutierten. Jan tat sich schwer damit, sagte aber nichts.

Er gehörte nur bedingt zu dieser Clique, denn er stammte nicht aus „gutem Hause" wie die anderen. Seine Eltern gehörten nicht zur Upperclass.

Jan war nur dabei, weil sich die vier Freunde vom Gymnasium her kannten, und weil sie ihre Freundschaft über das Ende der Schule hinaus pflegten.

Ewald gab auf diese Weise etwas an Jan zurück, was man als eine Art Dankbarkeit bezeichnen konnte, denn ohne Jans Hilfe wäre Ewald wohl kaum durch das Abitur gekommen.

Und während sich Jans Freunde damit begnügten „Söhne" zu sein, die noch immer am finanziellen Tropf ihrer Eltern hingen, hatte Jan Pädagogik studiert und war als Lehrer am Gymnasium tätig.

Klaas und Hinnerk waren noch auf dem Weg der Selbstfindung, und Ewald arbeitete wohl auch nur deshalb, weil ihm sein Großvater in den Hintern getreten hatte.

Keiner der drei Saufkumpane wagte Ewald zu widersprechen, und also stiegen sie brav ein, um in ihr eigenes und in das Unglück einer jungen Frau zu fahren.

"Fahr doch nicht so schnell!" mahnte Jan, aber das animierte Ewald nur noch schneller zu fahren. Es war drei Uhr morgens und ein feiner Nebelschleier hatte sich auf die Straße herabgesenkt.

Was dann geschah, kam so überraschend, dass keiner der vier Insassen unmittelbar wahrnahm, was geschehen war.

Ein lauter Knall und ein heftiger Ruck veränderten auf einen Schlag das Leben von fünf Menschen.

"Was war das?" schrie Hinnerk völlig aufgeregt.

"Wahrscheinlich ein Reh!" kam die lapidare Antwort von Klaas, als das Auto, nach heftigen Ausgleichbewegungen, zum Stehen gekommen war.

"Na fein!" feixte Ewald, *"dann gibt es am Sonntag Wild mit Knödel und Preiselbeeren!"*

Jan war als erster aus dem Auto gesprungen und nach hinten gerannt.

"Schnell, schnell!" schrie er laut, *"es ist etwas Schreckliches passiert!"*

Ewald und die anderen rannten zu Jan, und dann sahen sie, was passiert war. Am Straßenrand lag eine junge Frau, blutüberströmt, die ständig *"Mama, Mama!"* rief.

"Um Gottes willen!", schrie Hinnerk Ewald hysterisch an, *"was hast du gemacht?"*

"Brüll nicht so blöd herum wie ein Affe!" sagte Ewald, *"ich habe es nicht gesehen!"*

Jan, der als einziger einen kühlen Kopf behalten hatte, sagte: *"Ich habe schon die Polizei und die Rettung gerufen!"*

"Bist du bescheuert!" schrie Ewald den Freund an, *"doch nicht die Polizei! Die nehmen mir doch sofort den Führerschein ab!"*

Die junge Frau, von dem die Burschen glaubten, es sei ein Junge, hörte die Diskussion mit, sagte aber keinen Ton und hielt ihre Augen geschlossen.

"Du musst sagen, dass du gefahren bist!" sagte Ewald zu Jan gewandt, *"du hast ja nichts getrunken!"*

"Auf gar keinen Fall!" entgegnete Jan, der die ganze Zeit über auf das Mädchen beruhigend eingeredet hatte.

"Das bist du mir als Freund schuldig!" setzte Ewald nach und er sah Jan mit drängendem Blick dabei an.

"Ja!" stimmten die beiden anderen mit ein, *"als Freund bist du das Ewald schuldig!"*

Wenig später waren Polizei und Rettung eingetroffen und hatten erste Wundversorgung an der jungen Frau vorgenommen. Als einer der Rettungssanitäter die Hecktür schloss, sagte er im Vorbeigehen: *"Das sieht gar nicht gut für euch aus!"*

"Wer ist der Fahrzeughalter?" fragte der Polizeibeamte.

Und wie aus der Pistole geschossen, kam die Antwort von Ewald, indem er mit dem Finger auf Jan zeigte:

"Das bin ich! Aber gefahren ist er!"

Jan wollte dem widersprechen; aber die Hand von Klaas auf Jans Schulter signalisierte ihm, er möge den Mund halten. Hinzu kam der flehende Blick von Ewald, mit dem dieser seine Lüge noch untermauern wollte.

"Das muss wohl von dem Zusammenprall kommen", dachte Ewald, der in seinen Ohren ein lautes Pfeifen vernahm, das schon mehr einem Klingeln ähnelte.

"Sie haben also das Fahrzeug zum Zeitpunkt des Unfalls gelenkt?" fragte der Polizeibeamte und Jan stand da, wie versteinert, und wusste nicht, was er sagen sollte.

"Haben Sie meine Frage verstanden?" insistierte der Beamte und Ewald drängte sich dazwischen und sagte: *"Das ist der Schock, Herr Kommissar!"*

"Halten Sie sich raus aus meiner Befragung!" herrschte der Polizeibeamte Ewald an. Ewald zuckte mit der Schulter und trat einen Schritt zurück.

"Ich wiederhole die Frage: Haben sie das Fahrzeug zum Zeitpunkt des Unfalls gelenkt? Ja oder Nein!"

"Ja!" kam die Antwort von Jan, mehr geflüstert als ausgesprochen.

Ewald fiel ein gewaltiger Stein von der Seele und der Herr Polizist wurde von heftigen Zweifeln heimgesucht.

"Dann zeigen Sie mir ein Mal Ihren Führerschein!"

Jan, aus dessen Gesicht alle Farbe gewichen war, gab dem Polizeibeamten wortlos seinen Führerschein.

"Haben Sie Alkohol konsumiert, und wenn ja, wie viel?" führte der Beamte die Befragung fort, und Jan antwortete wahrheitsgemäß: *"Keinen Tropfen!"* Und ergänzend fügte er noch hinzu: *"Ich habe Hashimoto!"*

Da der Polizist mit dem letzten Teil der Ansage nichts anzufangen wusste, hielt er Jan ein Gerät hin und sagte: *"Pusten Sie kräftig hier hinein, bis ich „halt" sage!"*

Und Wunder, oh Wunder, das Geräte zeigte Null Komma Null Promille an. Als die Befragung zu Ende war, umarmte Ewald seinen Freund.

"Das werde ich dir nie vergessen!" sagte Ewald und die beiden anderen lobpreisten Jan als einen echten Freund.

Gerlinde Hofer, so der Name der jungen Frau, deren Leben in dieser Nacht eine schlimme Wendung erfahren hatte, wurde operiert.

Die Verletzungen, wobei die Gehirnerschütterung das kleinste Problem war, zwangen sie für Monate ans Krankenbett. Obwohl die Ärzte alles versucht hatten, war die Amputation des rechten Unterschenkels unvermeidbar.

Für Gerlinde brach eine Welt zusammen, denn sie musste den Lehrberuf als Bäckerin, der ihr so gefiel, und den sie erst vor einem Jahr begonnen hatte, wieder abbrechen.

Das lange Stehen wäre auf Dauer nicht zu bewältigen gewesen. Sie war in jener verhängnisvollen Nacht mit dem Rad unterwegs zur Arbeit, als ein dummer, ignoranter, verzogener Mensch ihr Leben arg beschädigte.

Als die Gerichtsverhandlung kam, saß Gerlinde Hofer noch in einem Rollstuhl.

Nachdem der Richter das Verfahren eröffnet hatte, übernahm der Staatsanwalt die Befragung des Angeklagten.

"Angeklagter, ist es richtig, dass Sie am 12. September dieses Jahres in den frühen Morgenstunden einen folgenschweren Unfall verursacht haben?"

"Ja!" antwortete Jan, der seit jener Nacht nie mehr gelächelt oder gar gelacht hatte. Die Lüge lastete schwer auf seiner Seele und er hatte sich auch danach nicht mehr mit seinen Freunden getroffen.

"Das ist eine Lüge!" gellte ein Schrei durch den Saal. Es war die Stimme von Gerlindes Mutter, welche diese Anschuldigung aussprach.

"Der ist es gewesen! Er hat mein Kind auf dem Gewissen!" Mit diesem Satz deutete sie auf Ewald,

der im Saal zugegen war und in der ersten Reihe im Zuschauerraum saß.

"Ruhe!" rief der Richter laut. *"Schweigen Sie oder ich lasse Sie des Saals verweisen!"*

"Meine Mutter hat recht!" sagte Gerlinde in diesem Augenblick und die Tränen rannen ihr dabei über das Gesicht.

"Herr Vorsitzender", richtete der Staatsanwalt das Wort an den Richter, *"ich würde vorschlagen, wir befragen hierzu die Zeugin Gerlinde Hofer!"*

"Einverstanden", sagte der Richter, *"ich rufe Frau Gerlinde Hofer in den Zeugenstand!"*

Als die junge Frau in Richtung Richtertisch rollte, ging ein Raunen durch die Zuschauer. Man konnte deutlich sehen, dass sich eine gewisse Beklemmung im Saal breit gemacht hatte.

"Nennen Sie dem Gericht bitte Namen und Anschrift!" begann der Richter.

"Ich heiße Gerlinde Hofer und wohne in der Schillerstraße 17!"

"So, Frau Hofer, dann schildern Sie doch bitte ein Mal, wie Sie die Nacht vom 12. September in Erinnerung haben!"

Und dann begann Gerlinde Hofer mit der Schilderung der Ereignisse in jener Nacht, die mit der Darstellung der vier Freunde nicht wirklich viel gemeinsam hatte.

Der Richter wandte sich zu Jan und sagte: *"Angeklagter, was sagen Sie dazu?"*

Jan wollte aufstehen und antworten, aber sein Verteidiger, übrigens der beste und teuerste ganz Hamburgs und Umgebung, hielt ihn zurück und flüsterte Jan etwas ins Ohr.

Jan stand auf und antwortete: *"Frau Hofer muss sich irren; wahrscheinlich stand sie unter Schock und verwechselt da etwas."*

In diesem Augenblick schämte sich Jan, wie noch nie zuvor in seinem ganzen Leben. Ewalds Großvater hatte, auf Drängen seines Enkels, den teuren Anwalt besorgt.

Jan dachte, dass er niemals mehr seiner Mutter in die Augen sehen könnte und bei dem Gedanken, seinen Schülern gegenüber zu treten, und ihnen von Moral und Ethik zu sprechen, drehte sich ihm fast der Magen um.

"Wir können dem hohen Gericht gern noch ein psychologisches Gutachten nachreichen, in welchem belegt wird, dass verunfallte Personen unmittelbar nach einem Unfall nur beschränkt zurechnungsfähig sind" ergänzte der Anwalt von Jan, *"und zudem drängt sich ja wohl die Frage auf, warum die Zeugin erst heute mit dieser Anschuldigung herauskommt."*

Den letzten Teil seiner Ausführung hatte der Herr Starverteidiger mit einem süffisanten Lächeln untermauert.

"Das war jetzt doch wohl etwas untergriffig, Herr Kollege!" sagte der Staatsanwalt, der die Anspielung sehr wohl verstanden hatte.

"Ich darf doch bitten, meine Herren!" sagte der Richter beschwichtigend und zum Vertreter der Anklage gewandt:

"Ich denke, ein Gutachten wird nicht notwendig sein."

Der Herr Staatsanwalt nickte zustimmend und damit war die Angelegenheit erledigt. Die Verhandlung nahm ihren gewohnten Verlauf und am Ende kam ein Urteil heraus, das nicht wirklich überraschend war:

"Der Angeklagte wird zu einer Gefängnisstrafe von einem Jahr und drei Monaten verurteilt! Die Strafe wird zur Bewährung ausgesetzt.
Begründung: Der Angeklagte konnte dem Gericht glaubhaft versichern, dass er in der Nacht vom 12. September dieses Jahres das Unfallfahrzeug selbst gelenkt hat.
Der Angeklagte zeigte aufrichtige Reue und ist bisher straffällig noch nicht in Erscheinung getreten.
Gegen das Urteil kann innerhalb eines angemessenen Zeitraums Berufung eingelegt werden. Die Kosten des Gerichts fallen der Staatskasse zur Last.
Die Verhandlung ist hiermit geschlossen!"

Gerlinde Hofer saß zusammengesunken in ihrem Rollstuhl und verstand die Welt nicht mehr. Ihre Mutter hatte den Arm um sie gelegt, um sie zu trösten.

Jan, der als freier Mann den Gerichtssaal verlassen konnte, fühlte sich schuldig. Schuldig, dass er eine junge Frau als Lügnerin hatte dastehen lassen, und dass der wahre Übeltäter frei davon gekommen war durch eine Dummheit, die sich Jan wohl nie würde verzeihen können.

"Das muss gefeiert werden!" jubilierte Ewald, der mit Hinnerk und Klaas an der Verhandlung teilgenommen hatte. Er umarmte Jan und gab ihm einen Kuss auf die Wange.

"So musste sich Judas damals gefühlt haben, als er für dreißig Silberlinge seine Seele verkaufte", dachte Jan und stieß Ewald angeekelt von sich.

"Was hast du, mein Freund?" sagte Ewald erstaunt, *"ist doch prima gelaufen?"*

"Ich bin nicht mehr dein Freund!" sagte Jan. *"Ich möchte nichts mehr mit dir zu tun haben. Und mit euch auch nicht. Ihr seid Schweine und ich schäme mich, dass ich nicht besser bin als ihr!"*

Ewald und die beiden anderen schauten Jan fassungslos an.

"Er ist ein Weichei!" sagte Klaas, *"er gehört nicht zu uns. Im Grunde hat er nie zu uns gehört!"*

"Halt dein blödes Maul!" fauchte ihn Ewald an. *"Jan ist mehr wert als du und Hinnerk zusammen!"*

Mit diesen Worten ließ er die beiden stehen, ging zu seinem Auto und raste davon.

Ein paar Tage später wurde ein eingeschriebener Brief von einer angesehenen Hamburger Kanzlei an Gerlinde Hofer zugestellt. Der Brief hatte folgenden Inhalt:

"Sehr geehrte Frau Hofer,

bitte erlauben Sie mir, Ihnen unser Mitgefühl und unser aller Bedauern auszusprechen zu Ihrem schrecklichen Unfall und dessen Folgen! Ich habe durch meinen Enkel Ewald davon erfahren, und auch, dass Sie ihn, im Verlaufe der stattgefunden Gerichtsverhandlung, beschuldigt haben, der Unfallverursacher gewesen zu sein. Mein Enkel hat mir glaubhaft versichert, dass dies nicht der Fall gewesen war. Und der tatsächliche Verursacher wurde ja auch rechtswirksam für seine schändliche Tat verurteilt.
Obwohl meinen Enkel keinerlei Schuld im juristischen Sinn trifft, fühlt er sich jedoch moralisch mitschuldig an Ihrem Schicksal. Auf seine Empfehlung hin und mit meinem vollsten Verständnis und auch Einverständnis erlaube ich mir, Ihnen eine kleine finanzielle Zuwendung zu übergeben, in der Hoffnung Ihnen damit ein wenig Freude in Ihr Leben bringen zu können.
Ich und auch meine restliche Familie wünschen Ihnen von ganzem Herzen alles Gute!

gez.: Kommerzienrat Dr. Wilhelm Bratling"

Als Gerlinde den Brief gelesen hatte, nahm sie den Scheck des Bankhauses Schöller in die Hand, und sah, dass dieser einen sehr hohen Betrag auswies.

"Ich will dieses Geld nicht!" sagte Gerlinde wütend und schickte sich an den Scheck zu zerreißen.

"Tu es nicht, Kind!" sagte die Mutter, *"du musst das Geld ja nicht nehmen; aber man könnte sehr viel Gutes damit tun!"*

Und das tat sie dann auch. Gerlinde Hofer spendete den ganzen Betrag an eine Stiftung für die „Hinterbliebenen von Verkehrstoten", und sie tat das in dem Bewusstsein, dass man mit Geld Unrecht nicht ungeschehen machen kann. Und das fühlte sich richtig gut an.

****

"Das ist aber eine schöne Überraschung!" sagte Zuckergoschi, als er Sirtaki die Tür öffnete. *"Welchem Umstand habe ich deinen Besuch zu verdanken?"*

"Ich wollte nur ein Mal kurz vorbeischauen und fragen, wie es dir geht", antwortete Sirtaki.

"Nicht so besonders", sagte Zuckergoschi. *"Ich habe heute Nacht nicht sehr gut geschlafen."*

"Und warum nicht?" fragte Sirtaki.

"Ich kann es dir nicht sagen; ich weiß nicht, warum das so war."

"Hattest du vielleicht gestern ein Szenario?" fragte Zuckergoschi weiter.

"Ja! Aber was hat das damit zu tun? Das musst du mir näher erklären!" antwortete Zuckergoschi.

"Also, das ist so", begann Sirtaki seiner Erklärung, *"je nachdem, was du durchlebst und wie du dich während des Szenarios verhältst, verläuft deine Reaktion danach. Das kann verhalten ausfallen; aber auch schon ein Mal recht heftig. Ich vermute, dass dein gestriges Szenario nicht von schlechten Eltern war!"*

"Aber wie soll ich das denn wissen?" reagierte Zuckergoschi leicht gereizt, *"wenn ich mich doch nicht mehr daran erinnern kann!"*

"Kannst du dich denn an gar nichts erinnern?" fragte Sirtaki und in seinen Augen blitzte es kurz auf.

Zuckergoschi, der das bemerkt hatte, dachte intensiv nach und dann sprudelte es förmlich aus ihm heraus:

"Das Klingeln! Ich hab `s - es ist das Klingeln!"

"Was meinst du mit dem Klingeln?" fragte Sirtaki scheinheilig, der natürlich ganz genau wusste, um was es ging.

"Es war bei jedem Szenario" sagte Zuckergoschi völlig aufgeregt, *"mir ist es nur nicht aufgefallen. Im Verlaufe des Szenarios hat es irgendwann geklingelt."*

"Geklingelt?" fragte Sirtaki, der sich einen Spaß daraus machte, *"wie hat es denn geklingelt?"*

"Was weiß ich", ereiferte sich Zuckergoschi, *"eben halt geklingelt.
Jetzt weiß ich es! Du kennst doch das Klingeln im Theater, bevor die Vorstellung beginnt!"*

"Ja!" antwortet Sirtaki, *"das kenne ich. Du meinst das drei Mal Klingeln."*

"Genau das! Und so hat es in meinen Ohren geklingelt!"

Sirtaki lächelte den Freund an, der so sehr aufgeregt war, wie wohl damals Kolumbus, als er glaubte Amerika entdeckt zu haben.

"Warum schaust du mich so komisch an?" fragte Zuckergoschi seinen Freund.

"Weil ich dir jetzt erklären werde, was es mit dem Klingeln auf sich hat!"

Zuckergoschi war so sehr überrascht, dass ihm der Mund offen stehen blieb.

"Das hat eine Bedeutung?" fragte er fassungslos.

"Hat es, mein Lieber", sagte Sirtaki, *"sogar eine wesentliche!"*

"Und was für eine?" Zuckergoschis Aufregung wuchs zusehends.

"Das Klingeln, wie du es nennst, kommt zu einem ganz bestimmten Zeitpunkt!"

Sirtaki machte eine kleine Pause und schaute in das erwartungsvolle Gesicht seines Zuhörers.

"Weiter! Weiter!" drängte Zuckergoschi, der kurz davor war zu explodieren. Die Spannung schien ihm unerträglich.

"Jedes Mal, wenn du unmittelbar davor stehst, auf ein Geschehnis oder auf etwas Gesagtes zu reagieren, erklingt das Klingelzeichen, um dich darauf aufmerksam zu machen, dass man immer die Entscheidung hat richtig oder falsch zu reagieren!"

Zuckergoschi war sprachlos. Was er da gerade eben von Sirtaki erfahren hatte, musste erst ein Mal verdaut werden.

"Das ist ja unglaublich!" sagte er nach einer kurzen Weile, *"ist das wirklich wahr?"*

"Wirklich und wahrhaftig!" antwortete Sirtaki.

"Du musst mir das noch genauer erklären!"

"Das geht jetzt nicht; weil ich wieder weiter muss!" gab Sirtaki dem enttäuschten Freund zur Antwort.

"Hast du nicht noch ein paar Minuten?" bettelte Zuckergoschi, nicht eingedenk dessen, dass es hier oben ja keine Zeitunterteilung gab.

"Tut mir leid!" sagte Sirtaki, *"gerne ein anderes Mal wieder! Aber jetzt muss ich wirklich los!"*

Sirtaki verabschiedete sich noch mit einer Umarmung und ließ dann den Freund mit einem Rucksack voller Fragezeichen zurück.

****

Zuckergoschi stellte sich vor den Bildschirm und sprach klar und deutlich:

"Ich habe eine Nachricht für Schneeflocke:
Hättest du vielleicht Lust auf eine Partie Tennis?"

Die Antwort kam prompt:

"Keine Lust auf Tennis. Ich bin aber heute Abend im Luna. Vielleicht sehen wir uns dort!"

Ein paar Stunden später saß Zuckergoschi im Taxi und ließ sich zu seinem Rendezvous kutschieren.

"Heute werde ich meinen verlorenen Kuss nachholen!" nahm sich Zuckergoschi fest vor, und bei dem Gedanken wurde ihm richtig warm um sein Herz.

Als er das Luna betrat, erblickte er seine Angebetete sofort. Sie saß mit einem anderen Mann an einem Tisch.

"Schön, dass du kommen konntest!" Mit diesen Worten begrüßte Schneeflocke den etwas entgeisterten Zuckergoschi und gab ihm rechts und links einen Kuss.

"Darf ich dir Stradivari vorstellen?"

Mit diesem Satz verpasste Schneeflocke dem völlig geknickten Zuckergoschi den gefühlsmäßigen Knockout.

"Ich freue mich Sie kennen zu lernen!" sagte der Mann, der auf den Namen „Stradivari" hörte mit einem Lächeln, und Zuckergoschi gab das Kompliment artig zurück, jedoch in dem Bewusstsein, dass seines eine Lüge war.

Er hatte sich so auf diesen Abend gefreut. Er wollte sich Schneeflocke offenbaren, die ihm gerade vor Augen führte, dass sie schon vergeben war.

"Warum so förmlich?" sagte Schneeflocke lachend, *"wir sagen alle „DU" zueinander! Oder?"*

Die beiden Männer bejahten den Vorschlag von Schneeflocke umgehend und mit einem „Prosit" wurde der Beschluss anschließend verifiziert.

Die Unterhaltung, der Zuckergoschi nur vermindert zuhörte, verlief sehr schleppend, und Zuckergoschi verabschiedete sich schon früh, indem er eine Müdigkeit vorschob, die überhaupt nicht vorhanden war.

"Es ist schade, dass du schon gehen willst", sagte Schneeflocke und sie sah Zuckergoschi dabei mit einem Blick an, der ihm fast das Herz brach. *"Ich hoffe, wir sehen uns bald wieder. Gute Nacht, mein Lieber und schlaf gut!"*

Zuckergoschi hielt es nicht mehr aus. Er verließ das Luna fluchtartig, und als er draußen war, überkam ihn ein heftiger Schmerz, der ihn beinahe zum Weinen brachte.

Kaum war er zuhause, als es läutete. Er ging eilig zur Tür, in der Hoffnung, Schneeflocke wäre draußen; aber sie war es nicht.

"Guten Abend, Zuckergoschi! Ich hoffe, es ist noch nicht zu spät!"

Es war Manfred-0815, der vor der Tür stand.

Zuckergoschi starrte den späten Besucher entgeistert an.

"Ach du bist es nur", sagte er tonlos, *"komm herein!"*

Manfred-0815, dem die Lustlosigkeit in Zuckergoschis Stimme nicht entgangen war, sagte:

"Nein danke! Es tut mir leid; ich komme lieber ein anderes Mal!"

"Unsinn!" sagte Zuckergoschi, der sich wieder gefangen hatte, *"komm bitte herein! Und entschuldige bitte mein Verhalten von eben; ich habe nur jemand anderen erwartet!"*

"Soll ich nicht besser gehen? Es macht mir wirklich nichts aus!"

"Nein! Du bleibst hier! Und ich freue mich, dass du da bist; wirklich!" sagte Zuckergoschi und er meinte es genau so, wie er gesagt hatte. Er hatte sich schon gewundert, dass Manfred-0815 sich bisher nicht gemeldet hatte.

"Wie geht es dir? Hast du dich schon ein wenig eingewöhnen können?" begann Manfred-0815 das Gespräch.

"Im Moment nicht so besonders", antwortete Zuckergoschi, und er erklärte seinem Besucher, was der Auslöser für seine kühle Begrüßung war.

"Das tut mir leid für dich!" sagte Manfred-0815, *"wie hast du die Dame denn kennengelernt?"*

Zuckergoschi erzählte von der Einladung zur Tennispartie und von seinen Gefühlen, die er für Schneeflocke empfand. Manfred-0815 hörte aufmerksam zu.

"Da fällt mir etwas ein!" ergänzte er seine Erzählung. *"Ich habe eine Frage an dich, die du mir sicher beantworten kannst."*

"Das will ich gern tun, wenn ich es weiß!"

"Der Club, bei dem ich gespielt habe, heißt „Gottfried". Ist das eine Wortkombination von „Gott" und „Frieden", den es hier oben in reichem Maße gibt?"

Manfred-0815 musste schallend lachen.

"Wieso lachst du?" fragte Zuckergoschi überrascht. *"habe ich Unsinn geredet?"*

"Nein, mein Freund; das ist kein Unsinn! Ganz im Gegenteil. Ich finde die Idee ganz wundervoll; aber es verhält sich etwas anders!"

"Wie denn?" fragte Zuckergoschi voller Ungeduld.

"Der Name des Clubs wird ständig verändert."

"Wieso das?" drängte Zuckergoschi weiter.

"Je nachdem, von welchem Land der Besucher des Clubs stammt, präsentiert sich der Club unter einem spezifischen Namen. Kommt ein Schwede, dann heißt der Club „Björn Borg", kommt ein Australier, dann

heißt er vielleicht „Rod Laver", und in deinem Fall hat man eben „Gottfried" genommen!"

"*Ich kenne keinen deutschen Tennisspieler, der „Gottfried" heißt*", sagte Zuckergoschi enttäuscht.

"*Was?*" sagte Manfred-0815 völlig entsetzt, "*du kennst den „Tennisbaron" nicht?*"

"*Welchen Tennisbaron?*" fragte Zuckergoschi, dessen Unwissenheit keiner Erhellung gewichen war.

"*Gottfried Freiherr von Cramm!*" sagte Manfred-0815, und er sagte es in einem langsamen, äußerst bedächtigen Ton, "*der Tennisbaron aus Berlin!*"

Und als Zuckergoschi noch immer kein Licht aufging, ergänzte Manfred-0815:

"*Dieser legendäre deutsche Tennisspieler hat über einhundert Mal im Daviscup gespielt und hat dabei zweiundachtzig Spiele im Einzel und im Doppel gewonnen. Und den kennst du nicht?*"

Die letzte Frage hatte Manfred-0815 in einem solch vorwurfsvollen Ton gestellt, dass Zuckergoschi in größtem Schuldbewusstsein ganz leise mit „NEIN" antwortete.

"*Ich fasse es nicht!*", sagte Manfred-0815. "*Das ist die Jugend von heute!*"

"Darf ich dich bitte fragen, wann das war?" fragte Zuckergoschi zögerlich.

"Na so in den Dreißigern!" antwortet Manfred-0815.
Diese Antwort beschaffte Zuckergoschi wieder Oberwasser.

"Jetzt ist mir klar, warum ich diesen Herrn nicht kenne! Das war lange vor meiner Zeit!"

"Ach ja?" sagte Manfred-0815, *"da habe ich dir wohl Unrecht getan. Ich fürchte, die haben in der Verwaltung einen Fehler gemacht!"*

"Das glaube ich auch!" sagte Zuckergoschi, *"für mich hätten sie den Club „Boris" oder von mir aus auch „Steffi" nennen müssen. Da hätte ich mich gleich ausgekannt."*

"Entschuldige bitte, mein Lieber, dass ich dir so zugesetzt habe!" ruderte Manfred-0815 zurück, dem klar geworden war, dass er über das Ziel hinaus geschossen war.

"Keine Ursache; alles in bester Ordnung. Jetzt trinken wir noch etwas, und dann habe ich noch ein paar Fragen an dich!"

"Sehr gern, mein Freund! Ich hätte dieses Mal aber lieber einen Martini - geschüttelt, nicht gerührt!"

Zuckergoschi lächelte, als er den Getränkewunsch von Manfred-0815 in Auftrag gab.

"Du bist wohl ein James Bond Fan", sagte er zu seinem Gast.

"Ja!" kam die begeisterte Antwort von Manfred-0815, *"ich habe all seine Filme gesehen! Und was ist mit dir? Kennst du sie auch?"*

"Was heißt kennen?" sagte Zuckergoschi, und mit einem verwegenem Blick fügte er hinzu: *"James Bond ist mein kleiner Bruder!"*

Jetzt mussten die beiden Freunde herzlich lachen. Zuckergoschi genoss es mit Manfred-0815 einfach da zu sitzen und zu quatschen. Es war herzerfrischend und auch so unkompliziert.

"Du hast gesagt, dass du noch ein paar Fragen hast", sagte Manfred-0815. *"Was sind das denn für Fragen?"*

"Na ja", druckste Zuckergoschi herum, *"ich weiß nicht, wie ich es dir sagen soll, und ob ich das überhaupt fragen darf."*

"Ganz egal, was es ist", sagte Manfred-0815, *"einfach heraus damit!"*

"Ich bin jetzt ja schon eine gewisse Zeit lang hier oben, und ich habe mich bisher nicht getraut nach Gott zu fragen."

Manfred-0815 schaute Zuckergoschi eindringlich an, und sagte dann: *"Warum hast du dich nicht getraut?"*

"Ich weiß es nicht!" war Zuckergoschis ehrliche Antwort. *"Vielleicht, weil man das nicht tut, oder weil es respektlos wäre?"*

"Beides trifft nicht zu!" kam die erlösende Antwort von Manfred-0815, *"es gibt keine Frage, die du nicht stellen kannst oder darfst. Es gibt aber vielleicht nicht auf alle Fragen auch eine Antwort!"*

"Das verstehe ich nicht wirklich", sagte Zuckergoschi zögerlich, in der Hoffnung, sein Freund möge ihm das näher erklären.

"Natürlich gibt es auf jede Frage eine Antwort", sagte Manfred-0815, *"aber auf manche musst du die Antwort selber finden!"*

Jetzt hatte Zuckergoschi verstanden. Er beschloss seine Fragen lieber für sich zu behalten. Manfred-0815 sah seinen Freund an und wartete darauf, dass dieser eine konkrete Frage stellen würde; aber nichts geschah.

"Was ist los?" sagte er nach einer Weile, *"hat es dir jetzt die Sprache verschlagen? Warum fragst du nicht?"*

"Ich dachte, ich solle die Antworten auf meine Fragen selbst finden", antwortet ein völlig verwirrter Zuckergoschi, der jetzt überhaupt nichts mehr verstand.

"Du hast mich wohl missverstanden" sagte Manfred-0815, *"so habe ich das nicht gemeint!"*

"Aber wie denn?"

Zuckergoschi wusste gerade nicht mehr, ob er ein Männlein oder ein Weiblein war.

"Wie soll ich denn wissen, welche Fragen ich mir selbst beantworten soll und welche nicht?" brachte er seine Verzweiflung zum Ausdruck.

Manfred-0815 amüsierte sich über die Hilflosigkeit seines Freundes, ließ sich das aber nicht anmerken.

"Pass auf, Zuckergoschi! Wenn du eine Frage hast, dann stelle sie ganz einfach. Und wenn du eine Antwort bekommst, dann ist es gut.
Wenn du aber eine Frage stellst und darauf keine Antwort erhältst, dann mach dich in deinem Innersten auf die Suche danach!"
Hast du das jetzt verstanden, mein Freund?"

Zuckergoschi lächelte von einem Ohr zum anderen.

"Wenn du mir das gleich so erklärt hättest, dann hätte ich es auch sofort verstanden!"

"Hauptsache, du hast es jetzt verstanden", sagte Manfred-0815, *"und nun fang endlich an zu fragen!"*

"Werde ich Gott irgendwann ein Mal treffen?"

Das war Zuckergoschis „Masterfrage", und er war froh, dass er sie endlich ausgesprochen hatte.

"Du bist ihm doch schon begegnet", sagte Manfred-0815, *"und sogar mehrmals!"*

"Das wüsste ich aber", sagte Zuckergoschi mit einem leicht spöttischen Unterton. *"Wann und wo soll das bitte gewesen sein?"*

"Jeden Tag und überall!" kam die Antwort von Manfred-0815.

Zuckergoschi stutzte. Die Antwort überraschte und verwirrte ihn gleichermaßen.

"Das verstehe ich nicht!" sagte er und blickte seinen Freund erwartungsvoll an, mit der Befürchtung, dass das eine Frage der Kategorie „Selbstbeantwortung" sein könnte.

"Ich will es dir erklären, mein Lieber!" erlöste ihn Manfred-0815 und dann erklärte er es dem Freund, wie es eine Mutter ihrem Kind erklären würde:

"Die Menschen wollen alles wissen, verstehen, begreifen. Verstehen geht aber nur, wenn man etwas begreifen, das heißt angreifen kann. Deshalb ist glauben auch so schwer.

Kinder können besser glauben, als die Erwachsenen. Das liegt daran, dass Kinder noch nicht so Verstand geprägt sind wie die Erwachsenen. Mit dem zunehmenden Verstand verschwindet die Bereitschaft zu glauben.

Wenn das Christkind nicht mehr die Geschenke bringt und der Osterhase nicht mehr die Eier färbt, dann hat sich das Kind vom Glauben ab- und zum Verstehen hingewandt.

Und wenn der Mensch aufgehört hat zu glauben, dann treibt er hilflos in einem Boot auf dem Meer und sucht den Horizont ab nach einem Ufer, wo er landen kann.

Wer jedoch einen Glauben hat und diesen über den Verstand setzt, der hat festen Boden unter den Füßen.

Die Wissenschaft schafft Wissen ohne Glauben. Und je mehr sie wissen will, umso mehr Fragen tun sich auf. Es ist eine Sisyphusarbeit, bei der man nicht gewinnen kann.

Wie viel schöner ist da der Glaube, der manchen Menschen kindhaft erscheinen mag, dass es einen Gott gibt, der unsere wunderbare Welt geschaffen hat, mit all den Dingen, von denen wir vieles nicht begreifen, verstehen können.

Und sind Kinder nicht glücklicher und zufriedener als die Erwachsenen?"

Zuckergoschi saß wie versteinert da und lauschte gebannt den Ausführungen seines Freundes, der seinen Vortrag mit den Worten abschloss:

"Gott ist alles und überall! Jede Pflanze, jede Blume, jeder Stein, die Sonne, der Regen, der Wind und der Sturm; das bist du und das bin ich!

Gott ist das Ohr, das dir zuhört, das Auge, das über dich wacht, die Hand, die dich führt und der Arm der dich trägt, wenn du erschöpft bist. Und Gott ist der Trost, der deine Tränen trocknet und er ist Balsam, der deine wunde Seele heilt!"

Zuckergoschi hatte Tränen in den Augen. So etwas Schönes hatte er noch nie zuvor gehört. Er stand auf, ging zu Manfred-0815 und umarmte ihn.

"Ich danke dir, du Lieber; ich danke dir so sehr!"

Manfred-0815 fuhr seinem Freund mit der Hand über den Kopf und sagte:

"Es ist alles gut, mein Freund! Ich wünsche Dir, dass du meine Worte im Gedächtnis behältst, und dass sie dir einfallen mögen, wenn du wieder ein Mal im Zweifel gefangen bist!"

Zuckergoschi wischte seine Tränen ab, und ihm war wunderbar leicht um sein Herz. Es drängte sich ihm die Frage auf, wer Manfred-0815 wirklich war. Vielleicht war er ja ein Engel. Oder vielleicht saß ihm gerade der liebe Gott gegenüber.

Ein leiser Schauer lief ihm bei dem Gedanken über den Rücken; aber zu fragen, das traute er sich dann doch nicht.

"Es ist spät, mein Lieber und Zeit zum Schlafen gehen", sagte Manfred-0815, *"du hast morgen wieder ein Szenario zu bewältigen und solltest ausgeruht sein!"*

Ohne ihn zu fragen, wieso er das wusste mit dem morgigen Szenario, begleitete Zuckergoschi seinen Besucher zur Tür.

"Es war schön, dass du da warst; hab vielen Dank!" sagte Zuckergoschi, und umarmte den Freund noch ein Mal mit großer Herzlichkeit.

"Ich habe es sehr genossen dein Gast zu sein, und ich werde sicher bald wieder vorbeischauen. Ich wünsche dir eine erholsame Nacht und süße Träume!"

****

"Guten Morgen, Zuckergoschi! Ein neues Szenario steht bereit und wir wünschen Ihnen die richtige Entscheidung!"

Zuckergoschi war erstaunt. Die Art des Textes war neu. Wenn er nur wüsste, was das zu bedeuten hatte, das mit der "richtigen Entscheidung".

Er musste an den vergangenen Abend denken, und an das, was Manfred-0815 über Gott gesagt hatte. Es kam ihm alles irgendwie stimmig und auch logisch vor.

"An etwas zu glauben, egal an was, ist doch klüger als ewig herum zu forschen und zu suchen", sagte er zu sich selbst. Und dann musste er an die Sache mit dem Klingeln - während der Szenarien - denken.

"Wie könnte ich es anstellen, dass mir im Moment des Klingelns dessen Bedeutung klar ist?" fragte er

sich weiter. Aber so sehr er auch nachdachte, eine Antwort fand er nicht.

Als er zu dem Raum ging, wo er sein Szenario erleben sollte, ging er an einem Spiegel vorbei. Er war schon vorüber, hielt dann aber an und ging zurück. Er blickte lange hinein, weil ihn sein eigener Anblick gefangen hielt.

"Du hast dich verändert!" sagte er zu seinem Spiegelbild, *"und ich glaube, es ist zu deinem Besten!"*

****

Ewald hatte wieder einmal gespielt, und er hatte wieder einmal verloren. Wie oft schon hatte er geschworen mit dem Pokern aufzuhören; aber es war jedes Mal nur ein Meineid.

Schon seit Tagen überlegte er hin und her, wie er sich Bargeld beschaffen könnte. Sein Bankkonto hatte die „galoppierende Schwindsucht" und die Tante um Geld anzupumpen, dazu fehlte ihm der Mut. Und außerdem würde sie ihm ja sowieso nichts geben.

Ewald war dermaßen verzweifelt, dass er einen abstrusen Plan fasste. Er wollte bei sich selber einbrechen und den Raub einiger kostbarer Wertgegenstände vortäuschen, um über die Versicherung an Geld zu kommen.

Klara, seine augenblickliche Freundin, die sich „Clarissa" (mit "C" - nicht mit" K") nennen ließ, seit sie mit Ewald zusammen war, würde bei dem Plan eine wichtige Rolle spielen. Sie sollte ihm ein falsches Alibi für die Zeit des Einbruchs geben. Klara war völlig vernarrt in den Schönling, und sie stimmte dem Plan bedenkenlos zu. Ewald hatte ihr ja auch, als zusätzliche Motivation, eine baldige Verlobung angekündigt.

Der Plan sah folgendermaßen aus:

Ewald wollte das Glas der Tür, die auf die Terrasse führt, einschlagen. Dann wollte er mit einem Stemmeisen die Schublade des Schränkchens aufbrechen, in welcher seine kostbaren Armbanduhren, sowie diverse Ringe und Goldketten aufbewahrt waren.

Den Diebstahl würde er dann der Versicherung melden und so doppelt kassieren, denn die Wertgegenstände blieben ihm ja erhalten.

Ewald führte seinen Plan an einem Samstagabend aus, denn da wusste er, dass seine neugierige Nachbarin, eine etwas ältere, alleinstehende Dame, mit Sicherheit zuhause wäre.

Er zog zu diesem Zweck eine schwarze Hose und einen schwarzen Rollkragenpulli an und setzte sich eine schwarze Mütze auf.

Der erste Teil seiner Tat bestand darin, die Lade mit dem Stemmeisen gewaltsamen zu öffnen, in welcher sich seine Wertgegenstände befanden.

Er entnahm alles und steckte es in einen Beutel. Dann ging er zur Terrassentür, schlug mit demselben Stemmeisen die Scheibe im Bereich der Türklinke ein, öffnete die Tür, und rannte durch den Garten hindurch zum Auto seiner Freundin, die dort auf ihn wartete.

Nachdem er eingestiegen war, gab er seinem Schatz einen Kuss, und sagte: *"Klara, mein Hase, gib Gas!"*

Clarissa, die es aufgegeben hatte Ewald zu bearbeiten, damit er sie nicht Klara nennt, sah ihren Schatz an und säuselte: *"Mein Held!"*

Der Plan ging auf, denn kaum, dass Ewald und Clarissa die Kurve gekratzt hatten, kam auch schon die Polizei.

Die aufmerksame und pflichtbewusste Nachbarin hatte das laute Klirren des berstenden Glases gehört und sofort Alarm geschlagen.

"Wann haben Sie den Einbruch bemerkt?" fragte Kriminalinspektor Brenner die ältere Dame.

"Unmittelbar, nachdem ich den Lärm gehört habe!"

"Und haben Sie den oder die Täter gesehen?" fragte der Kriminalbeamte weiter.

"Nein!" antwortete die Nachbarin, *"das ging alles rasend schnell und außerdem war es ja dunkel!"*

Ein Kollege von der Spurensicherung bat Kriminalinspektor Brenner, er möge doch zu ihm kommen.

"Das war es für den Augenblick!" sagte Brenner zu der Zeugin, *"aber halten Sie sich bitte zur Verfügung!"*

"Selbstverständlich, Herr Kommissar!" antwortete die ältere Dame, *"Sie wissen ja, wo Sie mich finden!"*

"Ja! Und vielen Dank!" sagte der Kommissar, der nur Inspektor war, und ging zu seinem Kollegen.

"Fällt dir etwas auf, Hugo?" sagte der Mann von der Kriminaltechnik.

Hugo Brenner betrachtete den Tatort, wie von seinem Freund aufgefordert, konnte aber nichts finden. Er zuckte nur mit den Schultern und hoffte auf die Antwort durch den Fachmann.

"Das eingeschlagene Glas müsste im Inneren des Raumes liegen, tut es aber nicht. Die Tatsache, dass das zerbrochene Glas im Garten liegt, deutet klar darauf hin, dass die Scheibe von innen zerschlagen wurde."

Hugo konnte seinen Ärger darüber nur schwer verbergen, dass ihm das nicht aufgefallen war. Und als kleine Zugabe musste er auch noch in das grinsende Gesicht seines Freundes schauen.
Er überspielte es aber, indem er dem Kriminaltechniker anerkennend auf die Schulter klopfte und sagte: *"Gute Arbeit, Helmut!"*

Und Helmut konnte es sich nicht verkneifen zu sagen: *"Was wärt ihr ohne uns Techniker."*

Inspektor Brenner überging die Bemerkung und sah sich weiter im Raum um. In einer Silberschale, nahe bei der Haustür, entdeckte er ein paar Visitenkarten, denen er die Telefonnummer von Ewald Bratling entnahm.

Er wählte die Nummer und am anderen Ende meldete sich der Bewohner des Hauses, in welchem Inspektor Brenner gerade ermittelte.

"Guten Abend, Herr Bratling, und entschuldigen Sie bitte die Störung! Hier spricht Inspektor Brenner von der Kriminalpolizei!"

Hugo Brenner, der lange genug bei der Hamburger Kriminalpolizei war, um nicht zu wissen, wer die Familie Bratling war, ging äußerst behutsam vor.

Er hatte sich ja bereits Gedanken darüber gemacht, dass die ganze Angelegenheit nicht so richtig koscher war.

"Guten Abend, Herr Brenner! Was gibt es denn, dass Sie mich anrufen?" Ewald bemühte sich mit ruhiger Stimme zu reden, konnte aber nicht leugnen, dass er schon ein wenig aufgeregt war.

"Es tut mir leid, Ihnen mitteilen zu müssen, dass bei Ihnen eingebrochen wurde!"

"Was?" deutete Ewald großes Entsetzen an, *"eingebrochen, sagen Sie? Ist etwas gestohlen worden? Haben die Einbrecher die Wohnung verwüstet?"*

"Das kann ich Ihnen so direkt nicht beantworten", sagte Brenner, *"dazu müssten Sie mir einige Angaben machen. Am besten wäre es, Sie würden hierher kommen!"*

"Ich setze mich ins Auto und bin gleich bei Ihnen!" sagte Ewald und grinste belustigt zu Clarissa, welche die ganze Zeit über mitgehört hatte.

"Läuft doch wie geschmiert!" sagte er, *"ich fahre da kurz hin und komme gleich wieder zurück!"*

Als Ewald im Haus angekommen war, ging er geradewegs auf die aufgebrochene Schublade zu.

"Alles weg!" rief er mit erhobener Stimme, *"meine teuren Uhren, mein Schmuck! Alles weg! Das ist ja furchtbar!"*

"Sind Sie versichert?" fragte Brenner.

"Ja natürlich!" antwortete Ewald, *"was denken Sie denn? Aber den ideellen Wert kann mir niemand ersetzen!"*

Er spielte hierbei auf eine Uhr an, die er von seinem Vater geschenkt bekommen hatte.
"Das verstehe ich!" heuchelte der Inspektor, der dem jungen Mann kein einziges Wort glaubte. Für ihn

stand er zweifelsfrei als Täter fest. Die Frage war nur, wie man es beweisen konnte.

"Wo waren Sie zum Zeitpunkt des Einbruchs?" fragte er den Bestohlenen, der darauf höchst empört reagierte.

"Was soll diese dumme Frage? Wissen Sie überhaupt, wer ich bin?"

Hugo Brenner musste heftig schlucken. Diese Frage, die man ihm im Laufe seiner Dienstzeit schon mehr als genug gestellt hatte, ärgerte ihn jedes Mal aufs Neue.

"Ich muss diese Frage stellen. Das ist Routine!"

Ewald gab sich verständnisvoll und antwortete: *"Ich war bei meiner Freundin, Fräulein Klara Schmidt!"*

"Vielen Dank, Herr Bratling für Ihre Kooperation!" schmeichelte Brenner. *"Wir sind soweit fertig. Ich würde Sie nur noch höflich bitten, dass Sie und Fräulein Schmidt morgen Vormittag kurz bei uns vorbeischauen. Wir nehmen dann Ihrer beider Aussagen auf und protokollieren das alles. Sie brauchen das ja für Ihre Versicherung! Und entschuldigen bitte Sie die Umstände!"*

Diese Worte zeigten bei Ewald Bratling genau die Wirkung, die der gefinkelte Kriminologe erreichen wollte.

Ewald fühlte den süßen Geschmack des Sieges, den seine Intelligenz über die Dummheit der Polizei errungen hatte. Jetzt nur noch die Versicherungssumme kassieren und dann eine Woche irgendwohin fliegen und feiern.

Als am nächsten Morgen "Bonnie und Clyde" auf dem Revier erschienen, um ihre Aussagen zu Papier zu bringen, ließ Inspektor Brenner zuerst Klara Schmidt zu sich bringen.

"Guten Morgen, Fräulein Schmidt und vielen Dank, dass Sie gekommen sind. Bevor ich Ihnen eine entscheidende Frage stellen werde, darf ich Sie noch auf einen Sachverhalt hinweisen, der uns zur Stunde vorliegt. Wir müssen davon ausgehen, dass der Einbruch nur vorgetäuscht wurde."

Clarissa Schmidt erblasste. Alle Vorfreude auf den bevorstehenden Urlaub und die damit verbundene Leichtigkeit waren gerade im Begriff sich zu verabschieden.

"Die Scheibe der Terrassentür wurde von innen eingeschlagen, und ich frage Sie, warum der Täter das wohl gemacht hat, wo er doch offenbar durch die Eingangstür hereingekommen ist."

Inspektor Brenner starrte in ein völlig entgeistertes Gesicht. Clarissa schluckte und wurde von Sekunde zu Sekunde immer blasser. Brenner, der das mit großer Freude bemerkt hatte, fuhr fort:

"Liebes Fräulein Schmidt! Bevor ich Ihnen jetzt eine Frage stelle, mache ich Sie darauf aufmerksam, dass auf Meineid eine sehr hohe Gefängnisstrafe steht!"

Das Fräulein Schmidt saß regungslos auf ihrem Stuhl, heftig gegen eine bedrohliche Ohnmacht ankämpfend.

"Haben Sie das verstanden, Fräulein Schmidt?"

Nachdem das arme Fräulein nicht geantwortet hatte, fragte der unbarmherzige Inspektor Brenner ein zweites Mal: *"Haben Sie das verstanden?"*

"Ja!" kam die Antwort der Bedrängten, und sie war mehr geflüstert, denn gesagt.

"Dann ist es ja gut!" triumphierte Brenner, *"dann frage ich Sie jetzt, und überlegen Sie die Antwort reiflich!"*

Nun holte der Kriminalinspektor Hugo Brenner, einundfünfzig Jahre alt, ledig, fünfunddreißig Dienstjahre auf dem Buckel, zum alles entscheidenden Schlag aus:

"War Herr Ewald Bratling in der Nacht des Einbruchs die ganze Zeit über bei Ihnen?"

Clarissa Schmidt, jetzt wieder Klara (mit "K"), sackte in sich zusammen. Die Aussicht, ihre besten Jahre im Gefängnis zu verbringen, hatte mehr Macht über sie als die Liebe zu ihrem Ewald.

"Nein!" presste sie heraus, *"Herr Bratling hat mich gezwungen für ihn zu lügen! Aber das mache ich nicht; ich bin ein anständiges Mädchen!"*

"Das habe ich gewusst, liebes Fräulein Schmidt! log Brenner, *"aber eine Frage hätte ich noch!"*

"Was denn?" fragte Klara ängstlich.

"Hat Herr Bratling Ihnen von seinem Vorhaben erzählt?"

"Ja, schon!" sagte Klara, *"aber ich habe gedacht, er macht sich einen Spaß mit mir! Das müssen Sie mir glauben!"*

"Tu ich, Fräulein Schmidt, tu ich!" sagte Hugo Brenner, aus der Überzeugung heraus, dass das arme Mädchen schon gestraft genug wäre, indem sie auf einen solchen Hallodri hereingefallen war.

Kurz darauf klickten die Handschellen und Ewald Bratling kam in Untersuchungshaft.

Als Ewald zur Befragung Inspektor Brenner gegenüber saß, ging die Tür auf und Dr. Hauser, derselbe Anwalt, der damals den armen Jan vor Gericht vertreten hatte, betrat den Raum.

"Ich möchte kurz mit meinem Mandanten unter vier Augen sprechen!"

Der Inspektor verließ den Raum und Dr. Hauser machte Ewald eine Mitteilung seines Großvaters.

"Der Herr Kommerzienrat lässt Ihnen durch mich folgendes Angebot unterbreiten!"

Dr. Hauser entnahm seiner Aktentasche ein Schriftstück und erklärte Ewald den Sachverhalt:

"Sie legen jetzt gleich ein umfassendes Geständnis ab, und entlasten Fräulein Schmidt.
Vor Gericht werden Sie dann angeklagt wegen Vortäuschung einer Straftat, Irreführung der Behörden und Versicherungsbetrug.
Ich werde Ihre Spielsucht als strafmildernden Umstand vortragen und Ihre Bereitschaft sich einer Therapie zu unterziehen. Damit erreiche ich Bewährung!"

"Das mache ich niemals!" sagte Ewald empört.

"Auch das hat Ihr Herr Großvater eingeplant. In diesem Fall, stehe ich jetzt auf und verlasse den Raum.
Ihnen wird ein Pflichtverteidiger zugewiesen, Sie werden schuldig gesprochen und Sie werden viele Jahre im Gefängnis zubringen!
Ihre Entscheidung, Herr Bratling!"

Aus Ewalds Gesicht war jegliche Arroganz und Überheblichkeit gewichen. Er stand nun mit dem Rücken zur Wand.

"Geben Sie schon her!" sagte er kleinlaut, und deutet auf das Schriftstück, welches der Anwalt mitgebracht hatte. *"Ich unterschreibe!"*

Die Gerichtsverhandlung verlief genauso, wie es der Herr Anwalt vorhergesagt hatte.

Ewald Bratling gab den reuigen Sünder, der gelobte eine Suchtklinik aufzusuchen, um sich therapieren zu lassen.

Und der Prozess endete mit einem Schuldspruch, und mit der Verurteilung zu einer Gefängnisstrafe, die jedoch zur Bewährung ausgesetzt wurde. Der Herr Kommerzienrat hatte es wieder einmal gerichtet.

Das Szenario für Zuckergoschi war zu Ende gegangen, in dessen Verlauf es öfter heftig geklingelt hatte, ohne dass er es auch nur ein einziges Mal bemerkt hatte.

*****

"Schneeflocke an Zuckergoschi!
Lust auf Sport - jetzt gleich?"

Zuckergoschi freute sich sehr, als er das las, und er antwortete umgehend:

*"Zuckergoschi an Schneeflocke!
Unbedingt - bin schon unterwegs!"*

Sein Herz klopfte wie wild, als er im Taxi zum Tennisclub unterwegs war. Heute wollte er sich Schneeflocke offenbaren, obwohl ihm bewusst war, dass er einen Rivalen hatte.

"Spielen wir unter denselben Bedingungen wie beim letzten Mal?" fragte er Schneeflocke mit einem Augenzwinkern. Aber dieses Mal würde er sich nicht auf ein Unentschieden einlassen.

"Natürlich, mein Lieber, und du darfst aufschlagen!"

Dieses Match stand unter dem Motto *"es werden keine Gefangenen gemacht"*, was nichts anderes zu bedeuten hatte, als dass Schneeflocke ihren Gegner mit dreimal 6:0 vom Platz schoss.

"Ist wohl nicht so recht mein Tag", sagte Zuckergoschi völlig demoralisiert, *"vielleicht irgendein Virus oder so..."*

"Das wird es wohl sein", bestätigte Schneeflocke die Ausrede des Geschlagenen. *"Zum Trost lade ich dich an die Bar ein!"*

"Das ist sehr lieb von dir", sagte Zuckergoschi, *"wäre aber doch nicht nötig!"*

"Doch, doch, ich bestehe darauf! Und keine Widerrede!"

Die vernichtende Niederlage wog schwer, wurde aber durch die Nähe der Angebeteten erträglich. Zuckergoschi fühlte sich so sehr wohl in ihrer Gesellschaft, dass er jetzt allen Mut zusammen nahm.

"Es wird dir nicht entgangen sein, dass ich Gefühle für dich habe", begann er seine Rede. Er schaute Schneeflocke dabei gespannt in die Augen, konnte aber keinerlei Reaktion erkennen. Also fuhr er fort:

"Ich weiß, dass du mit Stradivari zusammen bist, und ich respektiere das ja auch. Ich möchte dich aber trotzdem bitten, dass du überlegst, ob du nicht viel lieber mit mir zusammen sein möchtest!"

Zuckergoschi hatte leicht zu schwitzen begonnen, und er war heilfroh, dass es endlich heraus war.

Bevor Schneeflocke darauf antwortete, sah sie Zuckergoschi lange an. Sie musste daran denken, wie sehr sie ihr Gegenüber lieb gewonnen hatte.

"Das freut mich, dass du Gefühle für mich hast!" übernahm sie den etwas tollpatschigen Sprachduktus von Zuckergoschi, *"aber ich muss dir dazu einiges erklären:*

Erstens ist Stradivari keinesfalls mein Liebhaber; er ist nur ein sehr guter Freund!"

Zuckergoschi fühlte, wie er bei dem Wort „Liebhaber" zu erröten begann. Er war erstaunt, wie leicht Schneeflocke dieses Wort über die Lippen gegangen war.

"Und zweitens", fuhr Schneeflocke fort, *"ist das heute unser Abschiedsspiel gewesen!"*

"Was?" sagte Zuckergoschi voll Entsetzen, *"sag bitte, dass das nicht wahr ist!"*

"Doch, mein Lieber; es ist wahr! Ich werde in den Außendienst versetzt!"

"Was ist das - Außendienst?" fragte Zuckergoschi.

"Das kann ich dir nicht sagen; tut mir leid!" sagte Schneeflocke mit einem Ausdruck des Bedauerns. Wie hätte sie ihm erklären sollen, dass sie „wiedergeboren" werden würde.

Sie würde einige Monate im „Meer der Liebe" verbringen, bevor sie - selbst nackt von den kleinen Zehen bis zu den wenigen Haaren auf ihrem Kopf - auf dem Bauch einer fremden Frau aufwachen würde.

Sie wäre mit einer Schnur aus Gewebe mit dieser Frau verbunden, wie ein Astronaut mit der Raumstation bei Außenarbeiten. Die Schnur würde dann mit einer sterilen Schere durchtrennt werden, um die Verbindung zum Paradies zu beenden.

All die vielen schönen Gefühle würden dem mäßig vorhandenen, aber stetig wachsenden Verstand weichen, der irgendwann einmal die völlige Herrschaft übernehmen würde.

Die dann noch vorhandenen Gefühle würden es schwer haben, gegen den herrschsüchtigen und rechthaberischen Verstand anzukämpfen.

Erst im hohen Alter könnten die Gefühle wieder die Oberhand gewinnen, wenn sich der Verstand unaufhaltsam zurückzieht.

Aber auch nur dann, wenn sich der Mensch im Verlauf seines Lebens die guten Gefühle erhalten hat. Leider müssen sie sich - viel zu oft - bösen und schlechten Gefühlen beugen. Und das ist sehr traurig...

"Das ist gemein!" sagte Zuckergoschi, der zu weinen begonnen hatte. *"Und ich hatte noch nicht einmal Gelegenheit dir zu sagen, dass ich dich liebe!"*

"Dann tu es doch jetzt!" sagte Schneeflocke mit einem Lachen. *"Noch bin ich da!"*

Ewald, der sich von Schneeflocke's Lachen hatte anstecken lassen, schlang seine Arme um die Geliebte und war einfach nur glücklich.

"Ich liebe dich!" sagte er, und dann küsste er Schneeflocke, und Schneeflocke erwiderte seinen Kuss.

****

Das Luna war nur mäßig besucht. Zuckergoschi setzte sich an einen Tisch und bestellte einen Tornado.

Er sah darin ein probates Mittel gegen heftigen Liebeskummer. Dieses wunderbare Wesen, das er vergötterte, würde er nie mehr sehen. Was für eine Tragödie.

"Darf ich mich zu dir setzen, mein Lieber?"

Eine samtweiche Stimme riss Zuckergoschi aus seinen Gedanken. Sie gehörte einer etwas fülligen Erscheinung mit bedrohlichen Rundungen.

Zuckergoschi, schon leicht unter dem Einfluss diverser Tornados stehend, nickte nur.

"Bestellst du mir auch so ein Ding?" fragte die füllige Erscheinung, und ergänzte: *"Ich heiße „Orchidee", mein Schatz!"*

Spätestens jetzt wäre Zuckergoschi aufgesprungen, hätte er den einen oder anderen Tornado nicht getrunken. Aber so ließ er Orchidee einfach gewähren.

"Weißt du, dass wir Nachbarn sind?" fragte Orchidee.

"Wirklich?" sagte Zuckergoschi und sah sich seine Tischdame etwas genauer an.

"Wenn man sich die viele Farbe im Gesicht weg denkt, dann könnte das stimmen", dachte Zuckergoschi, und ein Gefühl von Unbehagen machte sich breit.

Es folgten noch weitere Tornados und der Widerstand von Zuckergoschi löste sich im Alkohol völlig auf. Er wehrte sich auch nicht, als Orchidee zu ihm sagte:

"So, mein Schatz, die Mutti ruft uns jetzt ein Taxi, und dann fahren wir zu mir und stürzen uns in den Pool!"

Zuckergoschi nickte, ohne auch nur ein Wort des Gesagten verifizieren zu können. Orchidee nahm ihre Beute unter den Arm, und führte sie zum Taxi.

Als sie angekommen waren, weckte Orchidee den schlafenden Zuckergoschi und schleppte ihn bis zum Pool. Dort angekommen, entkleidete sich Orchidee und machte sich gerade daran, dasselbe bei Zuckergoschi zu vollziehen.

"Was machen Sie da?" ertönte eine schroffe Stimme. *"Sie müssten längst im Bett liegen und schlafen. Sie haben morgen ein besonders schweres Szenario!"*

Es war der „Erlöser" in Gestalt des getreuen Sirtaki, der Zuckergoschi vor dem Schlimmsten bewahrte.

"Begeben Sie sich unverzüglich in Ihre Unterkunft!" herrschte er Zuckergoschi an, der nicht wirklich wusste, was da gerade vor sich ging.

"Ich wär Ihnen äußerst dankbar, verehrte Orchidee, wenn Sie mir helfen könnten Ihren Nachbarn nach Hause zu geleiten!"

Sirtaki tat, als fiele ihm die Nacktheit der Walküre gar nicht auf, als er dies zu Orchidee sagte. Und Orchidee bemerkte es mit großem Wohlwollen. Ihr war bewusst, wer Sirtaki war, auch wenn sie nicht verstand, warum er plötzlich aufgetaucht war.

Sie schlang eilig ein Tuch um ihren barocken Körper, und dann half sie den völlig orientierungslosen Zuckergoschi, der gerade an einer Katastrophe vorbeigeschlittert war, in sein Haus zu führen.

Zuckergoschi war wie in Trance. Er hörte Stimmen, verstand aber kein einziges Wort. Seinen Freund hatte er erkannt. Er quittierte diese Tatsache mit einem Lächeln, und wenig später sank er in Morpheus' Arme, die ihn fest umschlungen hielten.

Als er am nächsten Morgen erwachte, hatte er einen ordentlichen Brummschädel. Auf seinem Tisch lag ein Zettel, den ihm Sirtaki hingelegt hatte, und auf dem stand: *"Ruhe dich heute gut aus, du Schwerenöter! Ich schaue am Abend auf einen Sprung vorbei!"*

****

"Es ist schön, dass du gekommen bist!" begrüßte Zuckergoschi den Freund. *"Nimm bitte Platz und erzähle mir, was gestern Abend passiert ist. Aber sage mir zuerst noch, was du trinken willst!"*

"Ich nehme das gleiche wie du!" antwortete Sirtaki.

"Das glaube ich kaum", antwortete Zuckergoschi mit einem breiten Grinsen, *"denn ich trinke heute nur Mineralwasser!"*

"Ist es so schlimm?" fragte Sirtaki.

"Noch viel schlimmer!" antwortete Zuckergoschi, und das entsprach absolut der Wirklichkeit.

"Na gut", sagte Sirtaki, *"dann nehme ich ein Glas Weißwein, wenn es für dich in Ordnung ist."*

"So, und jetzt erzähle mir von gestern!" forderte Zuckergoschi seinen Freund ungeduldig auf.

Sirtaki erzählte in aller Ausführlichkeit, wie er in letzter Sekunde den Bedrängten aus dem Spinnennetz der wollüstigen Nachbarin befreite.

"Ich kann dir gar nicht sagen, wie dankbar ich dir bin. Das werde ich dir nie vergessen!"

Sirtaki lächelte. *"Das wirst du ganz sicher vergessen. Und noch viel mehr"*, dachte er und sah dabei in das dankbare Gesicht von Zuckergoschi.

"Wieso bist du gestern so abgestürzt?" fragte er seinen Freund, *"das ist doch an und für sich gar nicht deine Art. Oder irre ich mich da?"*

"Nein, du irrst dich nicht", antwortete Zuckergoschi, *"es war wegen Schneeflocke."*

"Wegen Schneeflocke?"

"Ja! Sie hat mir gestern gesagt, dass ich sie nicht mehr wiedersehen werde, weil sie in den „Außendienst" versetz worden ist."

"Hast du dich in sie verliebt?" fragte Sirtaki.

"Bis über beide Ohren!" antwortet Zuckergoschi, und das Gefühl von Traurigkeit wollte sich gerade wieder bei ihm einnisten, als Sirtaki sagte:

"So, so! In den Außendienst versetzt!"

"Kannst du mir erklären, was das bedeutet?" fragte Zuckergoschi voller Hoffnung auf eine Antwort.

Sirtaki zögerte einen Augenblick, bevor er antwortete.

"Eigentlich dürfte ich dir das gar nicht sagen; aber ich mache es trotzdem. Ich möchte dich aber bitten, mit niemandem darüber zu sprechen!"

"Ehrenwort!" sagte Zuckergoschi und hob zur Bekräftigung seine rechte Hand in die Höhe.

"Wenn deine Lehrzeit zu Ende ist, also wenn du alle Szenarien durchlebt hast, findet eine Bewertung durch eine Kommission statt.

Diese befindet dann, ob und wie du im Außendienst eingesetzt wirst. Und je nachdem, wie deine Bewertung ausfällt, bekommst du Informationen über deinen vergangenen Aufenthalt bei uns.
Die kann üppig ausfallen, spärlich oder auch gar nicht."

Zuckergoschi hatte dem Freund aufmerksam zugehört, jedoch nicht so richtig verstanden, was ihm Sirtaki gerade zu erklären versuchte.

Er beließ es bei einem „Aha!" und bedankte sich artig.

Sirtaki sah seinen Freund an. Er scheute sich davor ihm mitzuteilen, was der eigentliche Grund seines Besuches war. Er wollte Zuckergoschi schon gestern deswegen aufsuchen, und es war reiner Zufall, dass er ihn bei der Nachbarin entdeckte. Und auch nur deshalb, weil die beiden einen Höllenlärm verursacht hatten.

"Lieber Zuckergoschi", begann Sirtaki seine Hiobsbotschaft, *"auch wir sehen uns heute zum letzten Mal!"*

Diese Worte trafen Zuckergoschi wie ein Keulenschlag. Erst Schneeflocke und jetzt auch noch Sirtaki. Zuckergoschi fiel in ein tiefes Loch. *"Dann bin ich jetzt ganz allein!"* stammelte er vor sich hin.

Sirtaki wollte den Freund trösten, wusste aber augenblicklich nicht, wie er das anstellen sollte. Also stand er auf, ging zu Zuckergoschi und umarmte ihn.

Es tut mir so leid; aber es ist nun einmal so. Auch ich werde in den „Außendienst" versetzt!"

"Ich hasse dieses Wort!" dachte Zuckergoschi, und dann er sprach es laut aus: *"Ich hasse dieses Wort!"*

Sirtaki wusste dem nichts zu entgegnen. Was hätte er dem Freund auch sagen sollen? Stattdessen sagte er nur:

"Ich bin mir sicher, dass wir uns irgendwann irgendwo wieder begegnen werden!"

Zuckergoschi nickte nur stumm, in der festen Überzeugung, dass das niemals stattfinden würde.

Der Freund war gegangen und Zuckergoschi war unendlich traurig. Er nahm sich einen „Sundowner" in Form eines „Whisky on the rocks" und legte sich auf die Terrasse.

Bevor das tat, versicherte er sich zuerst, dass die wilde Orchidee nicht in der Nähe war. Sie war die letzte, deren Gesellschaft er sich jetzt wünschen würde, zudem die Narben der vergangenen Nacht noch nicht verheilt waren.

****

Ewald hatte die private Suchtklink verlassen und war mit dem Taxi nach Hause gefahren. Er hatte gehofft, Tante Elsbeth würde ihn vielleicht abholen, zumal sie ihn während seines Entzugs mehrmals besucht hatte.

Was er nicht wissen konnte, war, dass die Tante ihn gern abgeholt hätte; aber Ewalds Großvater hatte es ihr verboten. Er begründete es damit, dass Ewald erst einmal beweisen sollte, dass er selbständig auf zwei Beinen stehen könnte.
Und Tante Elsbeth gehorchte, wie sie es von Kindesbeinen an gewohnt war. Sie hatte ja nie geheiratet, hatte keinen Beruf erlernt und war somit von ihrem Vater finanziell abhängig.

Der alte Kommerzienrat hatte Nägel mit Köpfen gemacht. Der Porsche von Ewald, der ja auf die Firma zugelassen war, wurde verkauft und seine „Goldene Firmenkreditkarte" wurde gesperrt. Einzig das Motorrad hatte er Ewald gelassen.

Das liebe Fräulein Schmidt, die sich zwischenzeitlich wieder Klara (mit „K") nannte, hatte Ewald den Laufpass gegeben. Die Geschehnisse, in Verbindung mit der Gerichtsverhandlung, hatten ihr sehr zugesetzt. Und so hatte sie den väterlichen Rat von Inspektor Brenner angenommen, *"sie möge sich einen anständigen, jungen Mann suchen, und nicht so einen Taugenichts, wie den Herrn Bratling!"*

Ewald hatte sich verändert. Die Zeit in der Klinik hatte ihm vor Augen geführt, dass sein Leben, das er bisher geführt hatte, direkt in den Abgrund geführt hätte. Es war gut, dass das Schicksal rechtzeitig die Reißleine gezogen hatte. Es ging soweit, dass er glaubte einen Sinn darin zu erkennen, dass ihn niemand besuchen kam.

Als er wieder in seine Wohnung kam, nahm er ein Bild, das er in einer Schublade verstaut hatte, heraus und stellte es auf eine kleine Kommode. Es zeigte seine Mutter und seinen Vater, zusammen mit ihm, auf einem Segelboot.

Er erinnerte sich daran, dass er als Kind oft mit den Eltern auf der Elbe unterwegs war. Das war eine schöne Zeit. Es war eine Zeit ohne Probleme. Die hatte sich Ewald im Laufe seines Erwachsenseins, Schritt für Schritt, selbst angeeignet.

Vielleicht wäre alles anders gekommen, wäre er nicht viel zu jung schon Vollwaise geworden. Und die strenge und ablehnende Art, mit der er von Tante Elsbeth danach erzogen wurde, forderte nur seinen Widerstand heraus.

Sein Großvater konnte mit dem Tod seines eigenen Sohnes überhaupt nicht umgehen. Er hatte die Firma an ihn übergeben, in der Hoffnung, einen geruhsamen Lebensabend in seiner Villa am Elbufer verbringen zu können.

Und dann passierte dieser „dumme und völlig unnötige" Unfall, so die Formulierung des alten Mannes im Bezug auf diesen schrecklichen Schicksalsschlag.

Es schien, als nähme er den Tod seines Sohnes als Affront gegen sich; denn anders war die Reaktion nicht zu erklären. Das Thema wurde nach der Beerdigung völlig tabuisiert.

Ewald, der hoffte, dass nun ein liebevoller Großvater ihn unter seine Fittiche nehmen würde, war damals sehr enttäuscht, dass dies nicht der Fall war, zumal er bis dahin ein gutes Verhältnis zu ihm hatte.

Umso mehr war er erstaunt, dass der alte Bratling ihn wieder in die Spur gebracht hatte, indem er ihn zu dem Entzug gezwungen hatte.

Ewald nahm den Hörer ab und rief seinen Großvater an. Er wollte ihn fragen, ob er in die Firma kommen solle, um seine Arbeit wieder aufzunehmen.

Das Bankhaus Schöller hatte ihn seinerzeit, als er den Unfall mit dem Auto hatte, und sein Freund den Kopf für ihn hinhielt, hinausgeworfen. Der Direktor hatte von seinem Neffen Klaas erfahren, wie sich der Unfall tatsächlich zugetragen hatte.

Ewalds Großvater hatte ihn daraufhin in seiner Firma aufgenommen. Er war seinem alten Freund auch nicht böse ob des Rauswurfs; im Gegenteil, er hätte an seiner Statt wohl genauso gehandelt.

"Hallo, Großvater!" sagte Ewald, als er dessen Stimme am Telefon vernahm, *"ich wurde heute aus der Klinik entlassen, und ich wollte fragen, ob ich vorbeikommen soll!"*

"Hallo Ewald! Es freut mich, dass du wieder in Freiheit bist. Ich schlage dir vor, du machst die restli-

che Woche noch blau und am Montag gehst du es dann in aller Frische an!

Wenn du aber Zeit hast, und wenn du möchtest, dann komme heute Abend zum Essen vorbei. Ich werde auch deiner Tante Bescheid sagen!"

"Sehr gern, Großvater! Ich freue mich schon sehr darauf, dich und Tante Elsbeth wieder zu sehen!" antwortete Ewald, und jedes Wort, das er gesagt hatte, hatte er auch so gemeint.

Draußen schien die Sonne. Es war einer der ersten warmen Frühlingstage. Ewald zog sich seine Lederkombination an und ging in die Garage.

Seine "Kawasaki 500 H1 Mach III", auch scherzhaft "Witwenmacher" genannt, war damals ein Geschoss mit einer unbeschreiblichen Beschleunigung.

"Schon, dass es dich noch gibt, Tomomi!"

Den Namen hatte der dem Motorrad nach dem Kauf gegeben. Er hatte den Händler gefragt, ob er einen japanischen Namen wüsste, der zu der Maschine passen würde. Und von ihm erfuhr er, dass "Tomomi" auf Deutsch "schöne Freundin" bedeutet.

Ewald genoss es sehr, wieder frei zu sein und zu wissen, dass er eine zweite Chance bekommen hatte. Er glühte mit seiner Freundin über den Asphalt und war einfach nur glücklich.

Als er am Ortsende Vollgas geben wollte, sprang plötzlich ein kleines Mädchen auf die Straße. Ewald hörte ein heftiges Klingeln in seinen Ohren, und er verriss das Motorrad, um dem Mädchen auszuweichen.

Dieses Manöver rettete dem Kind das Leben, nahm aber das Leben von Ewald, der dieses Mal das Klingeln laut und deutlich gehört hatte.

Die Beerdigung, ein paar Tage später, war ein Herzzerreißendes Ereignis. Hatte der Herr Kommerzienrat Wilhelm Bratling bei der Beerdigung seines Sohnes noch Haltung bewahrt, so ließ er dieses Mal seinen Gefühlen freien Lauf.

Er fühlte heftige Zweifel darüber, ob er mit seiner Strenge nicht ein Quantum Schuld am Tod seines Enkels mittrage. Selbst Tante Elsbeth weinte. Es war wahrscheinlich das erste Mal, dass sie das tat.

****

"Sie haben heute Ihr letztes Szenario absolviert. Wir erwarten Sie morgen zu Ihrer Bewertung. Bitte, seien Sie pünktlich!
Das Gremium"

So stand es auf dem Bildschirm zu lesen. Kurz und bündig; Wie von einer Behörde eben.
"Guten Abend, Zuckergoschi!"

Lilly begrüßte den Neuankömmling im Luna mit großer Herzlichkeit. Zuckergoschi wollte sich gerade an der Bar niedersetzen, als ihm Stradivari, der an einem Tisch saß, bedeutete, er möge zu ihm kommen.

"Guten Abend, Zuckergoschi! Magst du dich vielleicht ein wenig zu mir setzen?" fragte Stradivari.

Nachdem Zuckergoschi auf Stradivari nicht mehr eifersüchtig sein musste, sah er keinen Grund, die Einladung abzulehnen.

"Sehr gern, und guten Abend!"

Er streckte Stradivari die Hand entgegen, welche dieser gern ergriff.

"Wie geht es dir?" fragte Stradivari.

"Ich nehme an, ähnlich wie dir!" antwortete Zuckergoschi.

"Ja; sie fehlt uns beiden!" seufzte Stradivari.

"Ich habe morgen einen Termin beim Gremium!" sagte Zuckergoschi. *"Ich bin schon sehr gespannt, was mich da erwartet!"*

"Die werden dir den Kopf schon nicht abreißen!" munterte Stradivari seinen Tischnachbarn auf. *"Ich wünsche dir auf alle Fälle viel Glück!"*

"Das ist lieb von dir!" sagte Zuckergoschi.

Als Zuckergoschi die Bar verließ, winkte Lilly ihm noch ein letztes Mal zu, bevor er durch die Tür hinaus ging und in sein Taxi stieg.

****

"Guten Tag, Zuckergoschi! Bitte, nehmen Sie Platz!"

Mit diesen Worten wurde Zuckergoschi vom Vorsitzenden des Gremiums begrüßt. Er war mehr als überrascht, als er im Vorsitzenden seinen Freund Manfred-0815 erkannte. Er hätte ihn zu gern einiges gefragt, traute sich aber verständlicherweise nicht.

"Wir haben Ihre Szenarien überprüft und sind zu dem Entschluss gekommen, Sie in den „Außendienst" zu versetzen!"

So sehr Ewald darauf wartete, noch einige erhellende Fakten zu erfahren; es sollte einfach nicht sein.
Er erfuhr nie, dass Schneeflocke seine Mutter auf Erden war, und Stradivari sein Vater. Er erfuhr ebenso wenig, dass Sirtaki sein früherer Nachbar und Schulfreund war und dass Orchidee seine Tante Elsbeth war, deren großer Busen ihn schon zu Lebzeiten in Angst und Schrecken versetzt hatte.

Zuckergoschi würde schon bald auf dem Bauch einer fremden Frau aufwachen, die sich freute, dass sie einen gesunden Sohn auf die Welt gebracht hat.